我的第一本
韓語E@MAIL

한국어
이메일

前言

　　《我的第一本韓語E-MAIL》是以中級以上韓語學習者為對象編寫的教材。電子郵件既屬於寫作領域，又是要如同說話般寫作的獨特溝通方式，故寫好一封電子郵件並非易事。不過若為可駕馭某種程度韓語之韓語學習者，是有可能經由短期練習而寫好電子郵件的。本書是為了幫助外國學習者短期內有效熟悉電郵寫作方法，並可以符合語法來表達自己的意思而撰寫。

　　關係親近的私人E-MAIL雖可自由書寫，但在發送正式業務信件時，必須寫出符合語法之正確內容與形式才會令收件人有好感並關心信件內容。但即使是高級程度的學習者，遇到必須撰寫正式E-MAIL時也不易寫出得體的書信。實際上經常會有收到信件在閱讀內容之前，對不得體的寫作感到失望而壞了信件第一印象的情形。

　　其實熟悉信件寫作並不難，若熟悉適當的表達方法及具備電子郵件格式，誰都能寫出優秀的信。本書依學校與公司生活中最具代表性的12種電子郵件功能，列舉24篇範例與情境練習。若學習者面對本書所舉範例之外的情形，也能依照範例適當改寫，對信件寫作的恐懼很快便會消失。希望本書可成為想獨自練習信件寫作的學習者或在教室內有效講授E-MAIL寫作之教師們的參考指南。

　　最後，我們要感謝為了本書，整個學期間一起學習電子郵件寫作的天主教大學、誠信女子大學〈教養韓國語〉的學生。還要向欣然允許本書出版的SOTONG出版社社長以及到書籍出版為止一路費心之總編獻上誠摯的謝意。

吳美南，金源卿

使用說明 ···

　　本書根據學習目標（功能）分為12課，正文部分每課提示兩篇電子郵件，共收錄24篇電郵。各單元之編成在使學習者理解正文電郵內容並熟知運用常用表達以撰寫電郵，有與各課主題相關之簡訊及簡訊之間使用的表達方式。

1 寫信動機

　　以漫畫呈現書寫電子郵件前之情境。經由兩人對話內容了解要寫電郵給誰，以及必須包含何種內容。

2 閱讀電子郵件主文1、2

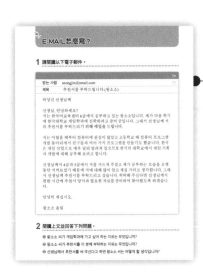

　　依據與收件人的關係分列兩篇電子郵件，並確認閱讀電郵後是否理解基本情況。

3 表達與練習

　　根據電郵中出現的表達模組提示例句及簡單說明，讓學習者可以經由練習學習。

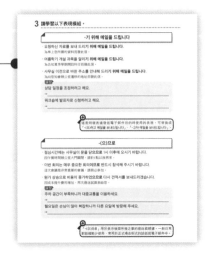

4 完成電子郵件

運用學到的表現模組，造出可用於提示情境的句子，以能實際撰寫一封電郵。

5 再次確認完成的電子郵件

試著閱讀學習者撰寫的電郵，確認是否有錯誤或語句不通順的部分，接著仿照提示的訣竅修正電郵然後再重寫一次。以這個方式可以確認電郵中的常用表現或與電郵寫作之相關禮節。

6 傳簡訊

提示與本課電郵主題相關的簡訊，同時說明簡訊中常用表現，裨有助於學習者在現實生活中撰寫簡訊。

7 附錄 公司業務上常用表現

為確認已完成之電郵提示模範答案，並依各狀況匯集公司信件來往常用表現。

本書架構 ·····

單元	功能	情境	表現模組	簡訊
第 1 課 그동안 잘 지내셨는지요? 您近來可好？	問候	跟教授拜年	–(으)ㄴ/는지요? –(으)려고 연락을 드립니다	–다면서(요)? –아/어 주신 덕분에
		恭喜學長畢業	–다고 들었습니다 –(으)시기 바랍니다	
第 2 課 국제학과에 재학 중인 까리나라고 합니다 我是國際學系在學中的佳莉娜。	介紹	為升學向教授自我介紹	–(이)라고 합니다 –아/어 보고 싶습니다	–다고 했지(요)? –ㄴ/는다던데
		公司中單位異動自我介紹	–게 되어 인사드립니다 –(으)ㄹ 계획입니다	
第 3 課 바쁘실 텐데 시간을 내 주실 수 있으신지요? 您百忙之中不知可否撥冗？	約定	與教授約定拜訪	–(으)ㄹ 텐데 –아/어 주실 수 있으신지요? –도록 하겠습니다	–(으)ㄴ/는데요 –(으)면 좋겠는데
		敲同好會行程	–고자 합니다 –아/어 주시기 바랍니다	
第 4 課 추천서를 부탁드립니다 懇請惠賜推薦書。	請託	託請老師寫推薦書	–기 위해 메일을 드립니다 –(으)므로	–(으)면 안 될까(요)? –아/어다 줘
		請學長幫忙做問卷	–아/어 주시기를 부탁드립니다 –아/어 주시면 감사하겠습니다	
第 5 課 수강이 가능한지 여쭤 보려고 메일을 드립니다 請教是否可以選課。	徵詢	詢問可否選教授的課	다름이 아니라 –(으)ㄴ/는지 여쭤 보려고	–아/어 줄 수 있을까(요)? –나요?
		向助教詢問獎學金申請資格	에 관해 문의드립니다 –지 않을까 생각합니다	
第 6 課 미리 연락드렸어야 하는데 그러지 못해 죄송합니다 未能事先聯絡甚是抱歉。	致歉	為無法稟報缺課事實情而向教授致歉	–았/었어야 했는데 –지 못해서 –다는 말씀을 드립니다	미안하지만 –아/어서 죄송해요
		為與學長約會爽約而致歉	–느라고 –지 못했습니다 을/를 끼쳐 드려 죄송합니다	

單元	功能	情境	表現模組	簡訊
第 7 課 다양한 색상의 가방을 만들어 주셨으면 합니다 建議製作多種色相的包包。	提案 、 提議	提議販售多種顏色商品	−아/어 주셨으면 합니다 −다면 −(으)ㄹ 것입니다	−(으)면 어때(요)? 같이 안 −(으)ㄹ래(요)?
		向學長提議舉辦親善體育會	−(으)면 어떨까 합니다 −(으)면 좋을 듯합니다	
第 8 課 최선을 다해 열심히 일하겠습니다 我將盡全力工作。	允諾 ／ 拒絕	允許參與企畫	−는 한 −겠습니다 −(으)리라 봅니다	내 생각엔 −(으)ㄹ 거 같아 −(으)ㄹ 듯
		婉拒打工錄用介紹	−아/어 주셔서 감사합니다만 아무래도 −(으)ㄹ 것 같습니다	
第 9 課 진학 문제로 의논드립니다 欲就升學問題與您討論。	討論	跟前輩討論大學入學相關事項	−(으)ㄴ/는 것으로 알고 있습니다 −는지 궁금합니다	−(으)ㄹ지도 몰라(요) −(으)ㅁ
		討論小組作業的分攤	−는 바와 같이 에 대해 의견 주시기 바랍니다	
第 10 課 기대에 비해 성적이 잘 나오지 않은 것 같습니다 成績不如預期。	抱怨 、 提出不滿	向教授提出成績異議	에 비해 −지 않은 것 같습니다 −ㅂ/습니다만	−다고 하셨는데 −(으)ㄴ/는데도
		向舍監抱怨微波爐故障	−기는 하는데 −아/어 주시면 좋겠습니다	
第 11 課 원고를 아직 받지 못해서 연락드립니다 尚未能收到尊稿故與您聯繫。	再次請求	再次向老師請求原稿	−기로 하셨는데 −지 않으셔서 −아/어도	−(으)ㄹ래(요)? −아/어 주셔야겠어요
		再次向學長請求作業檢討	−기는 했는데 −(으)시겠지만	
第 12 課 세미나와 관련하여 알려 드립니다 敬告學術會議相關事項。	告示 ／ 招待	通知學校學術會議	와/과 관련하여 ~ 알려 드립니다 혹시 −(으)면	−(으)면 돼(요) −더라도
		邀請人前來欣賞社團公演	−오니 −기를 기대합니다	

E-MAIL的基礎

了解E-MAIL的格式 〉 加E-MAIL主旨 〉 撰寫E-MAIL主文 〉 寫完E-MAIL之後再次確認

E-MAIL基本格式	稱謂
E-MAIL主文格式	啟首問候
	自我介紹
	書寫具體內容
	結尾問候
	寄件人姓名

★ 來了解一下E-MAIL的格式吧

1. **E-MAIL**的基本格式

請在這裡輸入收件人郵箱。

將收到的E-MAIL轉寄給他人。

받은편지함　편지쓰기

➡ 보내기　미리보기　임시저장　답장　전달

받는사람

참조 ⊞ — 輸入除收件者外,欲同時告知信件內容者之郵箱。

숨은참조 — 若不想讓收件者知悉也有其他人收到此郵件,將該收件者的郵箱寫於此處。

제목 — 輸入信件主旨。

첨부파일 — 隨同信件一併發出的檔案或圖片。

撰寫信件內容。

2. E-MAIL主文格式

김종호 교수님께 稱謂

교수님, 안녕하십니까? 그동안 잘 지내셨습니까? 啟首問候

自我介紹與自己近況

저는 지난 학기에 〈한국어 논문 쓰기〉 수업에서 교수님의 수업을 들었던 아이린입니다.

저는 방학 동안에 한국어 공부도 하고 전공 공부도 하면서 바쁘게 지냈습니다. 개학을

앞두고 교수님과 의논하고 싶은 것이 있어서 연락을 드립니다.

表明寫信目的

撰寫具體內容

이번 학기부터 제가 본격적으로 논문을 쓰려고 합니다. 그런데 아직 논문 주제를 정하지

못했습니다. 교수님께서 시간이 괜찮으실 때 연구실로 찾아뵙고 의논드리고 싶습니다.

언제 시간이 괜찮으신지 알려 주시면 감사하겠습니다.

結尾問候

그럼 남은 방학도 잘 보내시고 항상 건강하시기를 바랍니다.

寄件人姓名

아이린 올림

★ E-MAIL主旨怎麼寫？

받은편지함 | **편지쓰기**

➡ 보내기 | 미리보기 | 임시저장 | 답장 | 전달

받는사람 _____

참조 ⊞ _____

숨은참조 _____

제목 _____

첨부파일 ⊟ [파일 첨부하기]

---

1. **寫給教授或長者的E-MAIL主旨以句子的形式書寫較為恭謹。**

예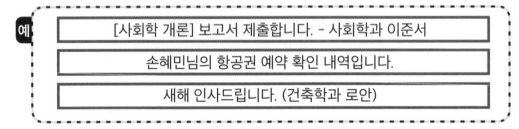

[사회학 개론] 보고서 제출합니다. - 사회학과 이준서

손혜민님의 항공권 예약 확인 내역입니다.

새해 인사드립니다. (건축학과 로안)

2. **公司公告等寄給多人之正式郵件，主旨以簡短明瞭、一目了然為要。**

예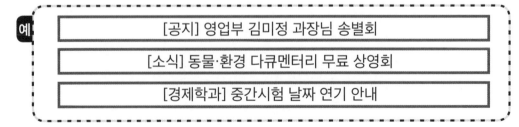

[공지] 영업부 김미정 과장님 송별회

[소식] 동물·환경 다큐멘터리 무료 상영회

[경제학과] 중간시험 날짜 연기 안내

3. E-MAIL主旨要明確表達發送郵件之目的。

안녕하세요. 교수님(X)	→	새해 인사드립니다. (건축학과 로안)
영업부에서 알립니다.(X)	→	[공지] 영업부 김미정 과장님 송별회

★ E-MAIL主文怎麼寫？ E-MAIL須依照下列結構要素依序書寫。

1. 稱謂

1）寫信給長者時，姓＋名字＋職位＋님께
不要用姓氏加職位寫「박 교수님께」；將姓名與職位合在一起寫「박성진 교수님께」為佳。
也可像「교수님, 안녕하십니까？」這樣，以稱呼語搭配簡單問候當作開頭。

예
- 박성진 교수님께,
- 박성진 교수님, 안녕하십니까?

2）寫信給業務負責人時，應寫「○ ○담당자님께」為佳

예
- 호텔 예약 담당자님께

3）寫給朋友的E-MAIL可使用親近的稱呼方式。不過，即便關係親近，若是多人收信之正式郵件，宜鄭重稱呼之。

예
- 클라라 씨 / 은주 언니
- 동아리 회원 여러분께

2. 啟首問候

啟首問候應根據與收件者的關係，依季節或情況致意，也可一併問候。若為公司業務的信件可只寫正式的招呼語，有時會省略，但若寫信給長者時，務必要書寫問候部分才是一封有禮貌的信。

예
- 그동안 안녕하셨습니까?
- 오랜만에 인사드립니다.
- 설 연휴는 잘 지내셨는지요?
- 더운 날씨에 건강은 어떠신지 궁금합니다.

3. 自我介紹

當收件人為極親近的關係時或也省略自我介紹，但若寄給長者或發送正式電郵則寫一段簡短的自我介紹為宜。通常是表明自己所屬單位、身分及姓名，然後向收信人問候。

- 저는 경영학과 4학년 황티엔입니다.
- 저는 하나회사 영업부에서 근무하는 정재영이라고 합니다.
- 저는 지난 학기에 6급에서 공부한 하루카입니다. 선생님께서 항상 격려하고 걱정해
주신 덕분에 한국 생활에 잘 적응하고 있습니다.

4. 書寫電郵具體內容

1）書寫電郵主文時要明確表明發信目的，必要時寫出理由。以簡短明瞭為佳。

- 한국 대학교 입학 자격 조건에 대해 문의하고자 메일을 드립니다.
- 이번에 저희 회사 신제품이 출시되어 안내해 드리기 위해 메일을 드립니다.

2）由於電郵並非直接與人面對面談話，故若將信件寫得像平常講話一樣有可能產生誤會，因此使用謙恭語詞合於體制書寫為宜。尤其是對教授或老師、學長等自認關係親近，寄電郵或傳簡訊時還是要得體謙恭。

- 교수님께서 학생들을 위해 열심히 강의를 해 주신 것에 대해 다시 한 번 감사하다는 말씀을 드립니다.
- 졸업 전시회를 개최하오니 선배님들께서 꼭 참석해 주시면 감사하겠습니다.

3）電郵中使用的謙恭用語，須考慮與收件者的關係、收件者的社會地位、年紀等再選擇。尤其即使寄件者與收件者關係親近，若為發送給許多人之正式電子郵件，仍使用謙恭用語。

4）私人郵件中，當收件者與寄件者關係極為親近時，也可不依照一般電郵的架構書寫。

5. 結尾問候

通常寫跟季節或情況相符之結尾問候語。可寫一般常用的「안녕히 계세요」、「안녕히 계십시오」，也可使用「-기 바랍니다」之形式書寫寄件者對收件者期望之內容。

- 항상 건강하시기를 바랍니다.
- 즐거운 추석 보내시기 바랍니다.
- 새해 복 많이 받으시기 바랍니다.
- 그럼 다시 뵙는 날까지 안녕히 계십시오.

6. 寄件人姓名

信件最後再次表明寄件者的姓名。寫給長者時名字後面接「올림」、「드림」；若寫「올림」將自己的姿態擺得很低，比「드림」有更謙恭的感覺。若關係親近者間可在名字後接「씀」，但即使親近，若是發送正式電郵時，寫「올림」、「드림」更佳。

- 주신양 올림
- 한국대학교 까리나 드림
- 켈리 씀

★ E-MAIL主文該怎麼寫？

是否明確輸入收件者的信箱？	是／否
主旨是否明確顯示寫信目的？	是／否
是否對收件者有適當的問候語？	是／否
是否明確書寫發送電郵之目的？	是／否
構思的電郵內容是否都寫入了？	是／否
對收件者用詞是否得體？	是／否
是否按內容正確分段？	是／否
結尾問候與寄件者姓名是否完備？	是／否
是否附加所需檔案或圖片？	是／否
有沒有再次閱讀內文，確認拼字是否妥當？	是／否

等一下!

- 對於收到的電子郵件若無法立即回覆時，先回信告知已收到郵件並表明大約何時會回覆信件為佳。
- 若為一定要收到回信之情況，請在信中寫下「盼即賜覆」。若為必須在特定日期收到回信，則告知該日期為佳。
- 若有附件的時候，由於常發生忘記夾帶檔案沒有寄送過去的情形，寫信前先添加附件為佳。

目次

Unit 1

그동안 잘
지내셨는지요?

您近來可好？

寫信動機

1 請看以下漫畫，想想信件怎麼寫比較好。

┌─ 中文翻譯 ─────────────────────────────
新陽，在老家過得好嗎？
是的，哲秀你也過得不錯吧？金教授也一切安好嗎？
是的，有點忙但過得不錯。金教授因為放假的關係最近沒有見到他。
我回到老家也沒能聯繫教授，我該寫封E-MAIL跟教授拜年。
└────────────────────────────────────

E-MAIL怎麼寫？

1 請閱讀以下電子郵件。

받는 사람	kimjh@smail.com
제목	새해 인사드립니다. (주신양)

김정현 교수님께

교수님, 안녕하세요.
저는 지난 학기에 교환학생으로 한국대학교에서 공부했던 신양입니다. 그동안 잘 지내셨는지요? 저는 한국에서 공부를 잘 마치고 지금은 중국으로 돌아와 다시 대학교에 다니고 있습니다. 한국에서 중국으로 돌아올 때 교수님께 제대로 인사를 드리지 못해서 감사 인사를 드리려고 연락을 드립니다.

처음 한국에 갔을 때 한국어를 잘 못해서 수업을 잘 들을 수 있을지 걱정이 많았습니다. 그런데 한국 친구들도 많이 도와주고 교수님들도 잘 가르쳐 주셔서 일 년 동안 한국에서 많이 배우고 무사히 고향으로 돌아왔습니다. 모두 친구들과 교수님 덕분입니다. 진심으로 감사드립니다.

이제 곧 새해가 시작됩니다. 새해 복 많이 받으시고 늘 행복하고 즐거운 일만 가득하시기를 바랍니다.

안녕히 계십시오.

중국에서 주신양 올림

2 閱讀上文並回答下列問題。

❶ 누가 누구에게 쓴 이메일입니까? 두 사람은 어떤 관계입니까?

❷ 신양 씨의 한국 생활은 어땠습니까? 누가 도움을 줬습니까?

❸ 신양 씨가 이메일을 쓴 이유는 무엇입니까?

3 請學習以下表現模組。

-(으)ㄴ/는지요?

• 요즘 날씨가 쌀쌀한데 건강은 어떠**신지요?**
  最近天氣涼涼的,您的健康狀況如何呢?

• 지난 번 계획했던 프로젝트는 잘 진행되고 있는지요?
  請問上次企劃的企畫案是否順利進行?

• 유럽 여행을 다녀오셨다고 들었는데 여행은 즐거우셨는지요?
  聽說您從歐洲旅行回來,旅途是否愉快呢?

習題

오늘 회의에 참석하실 수 있습니까? → _____

보내 드린 자료는 검토해 보셨습니까? → _____

> ⊕ 這是鄭重詢問長者時使用的表現。一般鄭重詢問時常用「-습니까?」,但由於「-습니까?」有太制式之感,故於電子郵件中使用「-(으)ㄴ/는지요?」有柔和、謙恭的感覺。

-(으)려고 연락을 드립니다

• 내일 시간이 괜찮으신지 여쭤 보려고 **연락을 드립니다.**
  想請問您明天時間是否方便,特此聯繫。

• 이번 세미나에서 논의될 주제를 안내해 드리**려고 연락을 드립니다.**
  想跟您稟告這次學術會議探討之主題而特此聯繫。

• 귀하께서 최우수상으로 당선되었음을 알려 드리**려고 연락을 드립니다.**
  欲知會閣下榮獲特等獎,特此聯繫。

習題

새 제품을 소개해 드리려고 하는데요. → _____

논문에 필요한 자료를 요청하려고 하는데요.

  → _____

> ⊕ 這是表示聯絡目的時使用的表現。謙恭有禮地談話時使用「-(으)려고 하는데요」,但電子郵件中鄭重使用「-(으)려고 연락을 드립니다」或「-기 위해 연락을 드립니다」。若使用意義相同的「-고자 연락을 드립니다」更有正式之感。

4 請完成以下電子郵件。

❶ 請使用學過的表現完成下列句子。

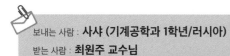

情況

收假後回到學校問候時

_____(으)ㄴ/는지요?

방학 동안 별일 없다

_____(으)려고 연락을 드립니다.

그간 찾아뵙지 못해서 안부 인사드리다

❷ 請使用上面寫好的句子來完成電子郵件。

보내는 사람 : **사샤 (기계공학과 1학년/러시아)**

받는 사람 : **최원주 교수님**

용건 : **방학을 마치고 돌아와서 안부 인사를 하려고 합니다.**

받는 사람　　cheowj@smail.com

稱謂 　_____

問候與自我介紹 _____

寫信的理由 _____

具體內容 _____

_____

_____

結尾問候 _____

寄件者 _____

E-MAIL怎麼寫？

1 請閱讀以下電子郵件。

받는 사람	mn99@smail.com
제목	졸업을 축하드립니다. (켈리)

선배님, 안녕하세요?

고향 후배 켈리입니다. 방학 잘 보내고 계신지요?
다음 주에 졸업식인데 제가 고향에 있어서 참석하지 못할 것 같아 미리 축하 인사를 드리려고 메일을 보냅니다.

처음 학교에 입학했을 때 선배님이 학교 소개를 해 주시던 날을 아직도 잊을 수가 없습니다. 그 때 선배님이 고향 후배가 왔다고 잘 챙겨 주셨는데 그동안 감사의 인사도 제대로 못 드렸습니다. 늦었지만 진심으로 감사합니다. 저도 선배님처럼 후배들에게 잘해 주려고 생각은 하는데 바쁘다 보니 생각만큼 잘 챙겨주지 못하는 것 같습니다.

졸업을 한 후에도 한국에서 계속 회사에 다니신다고 들었습니다. 앞으로도 가끔 만날 기회가 있으면 좋겠습니다. 시간 날 때 언제든지 연락 주세요. 선배님의 졸업을 다시 한 번 축하드리고 회사 생활도 잘 적응하시기 바랍니다.

안녕히 계세요.

고향 후배 켈리 올림

2 閱讀上文並回答下列問題。

❶ 이 사람이 메일을 쓴 이유는 무엇입니까?

❷ 이 사람은 지금까지 어떤 일을 했습니까?

❸ 이 사람은 앞으로 어떤 일을 하려고 합니까?

3 請學習以下表現模組。

-다고 들었습니다

- 이번 주는 회의가 없**다고 들었습니다**.
  聽說這一週沒有會議。

- 최 과장님은 오늘 휴가를 내셨**다고 들었습니다**.
  聽說崔科長今天請好假了。

- 그 과목은 수강 신청이 한 시간 만에 마감되었**다고 들었습니다**.
  聽說那個科目選課一小時就截止了。

  練習
  주말에는 바쁘시다고 들었어요. → _____
  야구 경기가 날씨 때문에 취소됐다고 들었어요.

  → _____

> 「-다고 들었습니다」是以間接談話法鄭重表示自己聽說之內容。
> 通常是為了提起某個話題而先使用這個表現再進入正式話題。

-(으)시기 바랍니다

- 항상 건강 조심하**시기 바랍니다**.
  希望您經常注意健康。

- 도움이 필요하면 언제든지 연락 주**시기 바랍니다**.
  若需要幫忙,希望您隨時與我連絡。

- 중요한 회의이므로 가능한 한 참석해 주**시기 바랍니다**.
  因屬重要會議,希望您盡可能參加。

  練習
  즐거운 주말 되세요. → _____
  궁금한 점이 있으면 연락 주세요.

  → _____

> 「-(으)시기 바랍니다」是話者表達希望之表現。向聽者拜託某項
> 事情時若接上「-기 바라다」可表達話者希望怎樣怎樣,給人有
> 恭謹的感覺。信件結尾問候經常使用「건강하시기 바랍니다」、
> 「즐거운 주말 되시기 바랍니다」等給人恭敬之感的表達方式。

4 請完成以下電子郵件。

❶ 請使用學過的表現完成下列句子。

> **情況**
>
> 同系學長考上研究所時

_____다고 들었습니다.
　　　　　　선배님이 대학원에 합격하다

_____(으)시기 바랍니다.
　　　　　　대학원 생활에 적응 잘하다

❷ 請使用上面寫好的句子來完成電子郵件。

> 보내는 사람 : **진수 (영어영문학과 3학년)**
> 받는 사람 : **선배 (유라)**
> 용건 : **대학원에 합격한 선배님을 축하해 주려고 합니다.**

받는 사람	youra@smail.com
제목	

　　稱謂　_____

　問候與自我介紹　_____

　　寫信的理由　_____

　　具體內容　_____

　　_____

　　_____

　　結尾問候　_____

　　寄件者　_____

來確認一下有沒有寫好吧

1 請閱讀以下電子郵件，找找看是否有寫錯的地方。

받는 사람	cheowj@smail.com
제목	안부 인사

교수님,

안녕하세요?
방학을 잘 지내고 있어요? 오랫동안 안 만나서 아직 건강하십니까? 교수님이 미국에 간 것을 들었는데 재미있었어요? 저는 방학할 때 여행했어요. 즐거운 여행을 한 후에 신학기 준비를 열심히 했어요. 기분 전환도 하고 필요한 물품도 많이 샀어요.

저는 방학 때 교수님 가르치신 수업을 다시 복습해서 다음 학기 자신감을 가지고 열심히 공부할 수 있습니다. 신학기 만나기를 너무 기대해요.

학교에서 만나요.

사샤

等一下！ 請先問候並自我介紹再書寫要事。

雖然根據情況也會有省略問候與自我介紹的情形，但寄送一封有模有樣的電子郵件時，在開頭問候、自我介紹後，再寫想寫的內容會比較好。開頭問候一般最常使用「안녕하세요？」、「안녕하십니까？」，也會寫些季節問候或特殊節日的節日問候。雖然看郵件地址可以知道是誰寄來的信，但寄給長者時，在主文中連同問候一起再次做自我介紹會比較好。做自我介紹時，一般會連同姓名表明自己的所屬單位、身分或職位等。

2 閱讀以下內容，確認錯誤的部分。

받는 사람	cheowj@smail.com	⊕
제목	안부 인사	

> 一封鄭重的電子郵件，其主旨以句子的方式呈現。

교수님,

안녕하세요?

> 寄信給長者時，先做自我介紹是基本禮貌。

방학을 잘 지내고 있어요? 오랫동안 안 만나서 아직 건강하십니까? 교수님
이 미국에

> 對長輩使用「-(으)ㄴ/는지요？」是比「-아/어요？」更加鄭重的表現。

> 「건강은 어떠신지요」是比「아직 건강하십니까」更加鄭重的表現。

간 것을 들었는데 재미있었어요? 저는 방학할 때 여행했어요. 즐거운 여행

> 請用用看「-다고 듣다」。

> 「-ㅂ/습니다」是比「-아/어요'보다는」更加鄭重的表現。

을 한 후에 신학기 준비를 열심히 했어요. 기분 전환도 하고 필요한 물품도

많이 샀어요.

저는 방학 때 교수님 가르치신 수업을 다시 복습해서 다음 학기 자신감을

가지고 열심히 공부할 수 있습니다. 신학기 만나기를 너무 기대해요.

> 「뵙다」是比「만나다」更加鄭重的表現。

학교에서 만나요.

사샤 ◁ 寫信給長輩時，名字後方應加上「올림」。

26

3 修正寫錯的部分然後正確重寫一遍。

받는 사람	cheowj@smail.com
제목	

簡訊請這樣寫

은주야, 너 좋은 소식 있더라. 이번에 승진했다면서? 정말 축하해. 열심히 노력한 보람이 있구나. 좋은 소식 들어서 나도 기쁘다!

선배님~ 감사해요. 모두 그동안 응원해 주신 선배님 덕분이에요.^^

-다면서(요)?

這是用來向已知該事情的人確認自己聽到的事情時使用的表現。

현수 씨, 곧_____? 진심으로
　　　　　　　　　결혼하다
축하해요.

-아/어 주신 덕분에

這是用於因受助於他人某事得以順利結束時表達謝意的表現。

여러분이_____무사히
　　　　　　격려하다
한 학기를 잘 마쳤어요. 고마워요.

아미 씨, 아파서 입원했다면서요? 병원이 어디예요? 병문안 갈게요.

수현 씨, 고마워요. 지금은 퇴원해서 집에 있어요. 걱정해 주신 덕분에 많이 나았어요.

28

✉≡

국제학과에 재학 중인 까리나라고 합니다

我是國際學系在學中的
佳莉娜。

1 請看以下漫畫，想想信件怎麼寫比較好。

┤中文翻譯├

佳莉娜，妳畢業後要做什麼？有什麼計畫嗎？

嗯，其實我想讀研究所學習歷史學，但主修不同，不曉得有沒有可能。

原來是這樣啊，那妳寫封E-MAIL給歷史學系的教授問問看吧。

啊，我還在擔心怎麼打聽呢，原來那樣就可以。謝謝！

E-MAIL怎麼寫？

1 請閱讀以下電子郵件。

받는 사람	leesg@smail.com
제목	대학원에 진학하고 싶습니다. (까리나)

이상규 교수님께

안녕하십니까? 저는 한국대학교 국제학과 4학년에 재학 중인 까리나라고 합니다. 교수님께 처음으로 인사를 드립니다. 저는 러시아 모스크바에서 고등학교를 마치고 한국대학교에 진학하여 내년 2월 졸업을 앞두고 있습니다. 중앙아시아 역사에 관심이 많아서 한국대학교 동양사학과 석사 과정에 진학하기를 희망하고 있습니다.

3학년 때 <중앙아시아의 역사> 수업 시간에 발표 준비를 하다가 교수님의 논문을 처음 접했습니다. 그 후로 중앙아시아의 역사를 깊이 있게 분석하신 교수님의 연구에 흥미를 느껴 교수님께 체계적으로 배우고 싶다는 생각이 들었습니다. 제가 러시아어를 잘하는 장점이 있기 때문에 러시아와 한국에서의 중앙아시아 연구를 비교하는 연구를 해 보고 싶습니다.

그래서 학부와 다른 전공으로 대학원에 진학할 수 있는지 궁금해서 메일을 드립니다. 저에게 기회를 허락해 주신다면 동양사학과 석사 과정에 지원해 보고 싶습니다.

긴 메일을 끝까지 읽어 주셔서 감사합니다. 그럼 좋은 소식을 기대하고 있겠습니다.

안녕히 계십시오.

까리나 올림

2 閱讀上文並回答下列問題。

❶ 까리나 씨가 이메일을 쓴 이유는 무엇입니까?

❷ 까리나 씨는 어떻게 이상규 교수님을 알게 되었습니까?

❸ 까리나 씨가 연구하고자 하는 것은 무엇입니까?

3 請學習以下表現模組。

-(이)라고 합니다

- 중국에서 온 여몽지라고 합니다.
  我是來自中國的游孟之。

- 동아리 총무를 맡은 찌바오라고 합니다.
  我是擔任同好會總務的吉寶。

- 동아리 프로젝트를 담당하고 있는 서주호라고 합니다.
  我是負責同好會企劃的徐朱浩。

練習

오늘 사회를 보게 된 송기범인데요.

→ _____

삼 일 동안 여러분을 안내할 크리스예요.

→ _____

「-(이)라고 합니다」用於向不認識的人自我介紹，名字之後接「-(이)라고 합니다」。而名字前也可加上自己的出身、職業、身分或職位等。

-아/어 보고 싶습니다

- 감동을 주는 다큐멘터리를 만들어 보고 싶습니다.
  我想製作令人感動的紀錄片。

- 이 책에 대한 작가님의 평을 직접 들어 보고 싶습니다.
  我想直接聽聽作者對於這本書的評價。

- 다음에는 실제 현장의 역동적인 분위기를 체험해 보고 싶습니다.
  我下次想體驗看看實際現場充滿活力的氛圍。

練習

새 제품을 사용하고 싶어요.

→ _____

이 주제에 관해 깊이 공부하고 싶어요.

→ _____

「-아/어 보고 싶습니다」用來表達自己的希望或意志。在「-고 싶다」前接「-아/어 보다」，就成為添加「想嘗試看看」之意的謙恭表現。

4 請完成以下電子郵件。

❶ 請使用學過的表現完成下列句子。

情況

> 應徵打工自我介紹時

_____(이)라고 합니다.
저는 미카

_____아/어 보고 싶습니다.
판매와 관련된 일을 하다

❷ 請使用上面寫好的句子來完成電子郵件。

보내는 사람 : **미카 (한국대학교 경영학과 3학년/일본)**
받는 사람 : **아르바이트 채용 담당자**
용건 : **주말에 판매와 관련된 아르바이트를 하고 싶어서 자기 소개를 하는 메일을 보내려고 합니다.**

받는 사람 　mnri9082@smail.com ⊕

제목

___

稱謂
_____

問候與自我介紹
_____

寫信的理由
_____

具體內容
_____

_____

_____

結尾問候
_____

寄件者
_____

E-MAIL怎麼寫？

1 請閱讀以下電子郵件。

받는 사람	hope3@smail.com, lalah@smail.com, quore@smail.com, xiwon@smail.com, soony@smail.com, buff@smail.com, suvoz@smail.com, troll@smail.com, cuks8@smail.com,
제목	[부서 이동 알림] 세계국제교육원 교육개발팀 나현상

세계국제교육원 여러분, 안녕하십니까?

이번에 교육개발팀 팀장으로 발령 받은 나현상입니다. 올해 인사이동으로 그간 근무해 온 운영팀을 떠나 새로 교육개발팀에서 일하게 되어 인사드립니다.

지난 3년 동안 저는 운영팀에서 여러 직원들과 같이 회계와 계약 업무에 임해 왔습니다. 이제 교육개발팀으로 자리를 옮겨 프로젝트 개발과 수행 업무를 맡게 되었습니다. 앞으로 교육개발팀에서 제 몫을 다하여 국제교육원에 꼭 필요한 사람이 되도록 노력하겠습니다.

그간 교육개발팀은 주로 국내 교육 프로젝트 개발에 중점을 두고 일해 왔습니다. 그동안의 경험을 바탕으로 앞으로는 해외 교육 프로젝트 개발에 더욱 힘쓸 계획입니다. 이를 통하여 세계적으로 성장하는 세계국제교육원이 되도록 최선을 다해 일하겠습니다.

감사합니다.

교육개발팀 팀장 나현상 올림

2 閱讀上文並回答下列問題。

❶ 이 사람이 메일을 쓴 이유는 무엇입니까?

❷ 이 사람은 지금까지 어떤 일을 했습니까?

❸ 이 사람은 앞으로 어떤 일을 하려고 합니까?

3 請學習以下表現模組。

-게 되어 인사드립니다

- 이번에 7대 회장을 맡게 되어 인사드립니다.
  我在這次擔任第七屆會長，謹向各位致意。

- 이번 회의에서 통역을 하게 되어 인사드립니다.
  我在這次會議中擔任口譯，謹向各位致意。

- 3층에 저희 식당을 개업하게 되어 인사드립니다.
  我們在三樓的餐廳開業，謹向各位致意。

練習

이번 학기에 조교로 근무하기 시작해서 인사드려요.

→ _____

9월부터 연구실에서 연구를 하기 시작해서 인사드려요.

→ _____

> ➕ 「-게 되어 인사드립니다」用於告知自己的身分發生變化並介紹自己。
> 「-게 되어」前表明自己新擔任之工作，是鄭重向他人告知的表現。

-(으)ㄹ 계획입니다

- 조사를 마치는 대로 결과를 발표할 계획입니다.
  預計調查一結束將發表結果。

- 올해 내로 신제품을 국내 시장에 출시할 계획입니다.
  預計今年內的新產品將在國內市場上市。

- 고향에 돌아가면 부모님의 사업을 도와 드릴 계획입니다.
  計畫若回老家將幫忙父母的事業。

練習

이번 학기에는 교외 장학금을 신청하려고 해요.

→ _____

앞으로 외국의 대학교에 대해 자세히 알아보려고 해요.

→ _____

> ➕ 若使用「-(으)ㄹ 계획입니다」只是為「單純告知自己計畫」，這讓對方
> 聽起來備感尊重，給人謙恭的感覺。

4 請完成以下電子郵件。

❶ 請使用學過的表現完成下列句子。

情況
為了朋友介紹給我的翻譯工作向公司自我介紹時

_____게 되어 인사드립니다.
양우재에게 소개 받고 통역을 하다

_____(으)ㄹ 계획입니다.
대학을 졸업하고 무역 회사에 취직하다

❷ 請使用上面寫好的句子來完成電子郵件。

보내는 사람 : **올가(한국대학교 재학/러시아)**
받는 사람 : **교육개발원 나현상 팀장**
용건 : **친구가 소개해 준 번역 일을 맡고 팀장님께 자신을 직접 소개하려고 합니다.**

받는 사람	hsla2103@smail.com	⊕
제목		

稱謂
_____

問候與自我介紹
_____

寫信的理由
_____

具體內容
_____

_____

_____

結尾問候
_____

寄件者
_____

來確認一下有沒有寫好吧

1 請閱讀以下電子郵件，找找看是否有寫錯的地方。

받는 사람　　mnri9082@smail.com

제목　　　　주말 아르바이트를 구합니다.

아르바이트 채용 담당자님께

안녕하십니까? 저는 한국대학교 경영학과 3학년 재학 학생인 미카라고 합니다.
판매와 관련된 아르바이트에 대해 관심이 있어서 좀 여쭤 보려고 합니다.

저는 일본 사람이지만 한국어 4급이고 영어 실력도 좋아서 손님들과 잘 소통할 수 있습니다. 그리고 편의점에서 반 년 동안 아르바이트를 했습니다. 그래서 상관 경험이 있으니까 판매에 자신이 있습니다.

그런데 주중에는 학교에 다녀서 주말에만 일을 할 수 있습니다. 주말에는 언제든지 시간이 있으니까 필요하실 때 말하세요. 열심히 하겠습니다. 저를 뽑으면 좋겠습니다!

감사합니다.

미카 올림

等一下！

先明確表示發信的目的，並在其後寫具體內容。

寫完開頭問候與自我介紹後，表明寄信的理由為宜。接著寫與其相關之具體情況或內容。因為收信人先了解該信的目的再閱讀信件內容，便可明確掌握發信的理由。

此外，具體內容切記勿寫得過於冗長，請盡量簡單明瞭。若寫得太過冗長，有可能會無法凸顯信中想說的內容為何。

2 閱讀以下內容，確認錯誤的部分。

받는 사람   mnri9082@smail.com   ⊕

제목   주말 아르바이트를 구합니다.

아르바이트 채용 담당자님께

안녕하십니까? 저는 한국대학교 경영학과 3학년 재학 학생인 미카라고 합니다.

> 「재학 학생」是錯誤的表達方式。

판매와 관련된 아르바이트에 대해 관심이 있어서 좀 여쭤 보려고 합니다.

> 由於信件的目的並非「詢問」，故宜寫與目的相符之內容。

저는 일본 사람이지만 한국어 4급이고 영어 실력도 좋아서 손님들과 잘 소

통할 수 있습니다. 그리고 편의점에서 반 년 동안 아르바이트를 했습니다.

그래서 상관 경험이 있으니까 판매에 자신이 있습니다.

> 「상관 경험」是錯誤的表達方式，應與前句連接並使用其他表現。

그런데 주중에는 학교에 다녀서 주말에만 일을 할 수 있습니다. 주말에는

언제든지 시간이 있으니까 필요하실 때 말하세요. 열심히 하겠습니다. 저

> 由於「-(으)세요」並非謙恭的表現，應與後句連接並使用其他表現。

를 뽑으면 좋겠습니다!

> 宜謙恭表達自己的期望。

감사합니다.

미카 올림

3 修正寫錯的部分然後正確重寫一遍。

받는 사람	mnri9082@smail.com
제목	

簡訊請這樣寫

명은아, 너 중국어 배운다고 했지? 내가 중국 드라마를 보다가 네 생각이 나서 알려 주려고. 내용이 쉬워서 듣기 연습하기에 적당할 거야.

그래? 알려 줘서 고마워. 제목이 뭔데?

-다고 했지(요)?

這是話者再次向聽者確認從其他人那裡聽見之事時使用的表現。

미카야, 너 지난번에 _____?
아르바이트하고 싶다

-ㄴ/는다던데

「-다고 하던데」的縮寫是用於「將自己聽到或了解到的資訊告知他人」。

사회학과에서 설문조사를 도와 줄 사람을

_____ 같이 할래요?
찾다

민규야, 혹시 전략 기획팀 특강에 관심 있니? 다음 월요일 오후 2시에 학교에서 한다던데……

물론 관심 있지. 알려 줘서 고마워. 어떻게 신청하는지 알아?

Unit **3**

🔍 ≡

✉≡

바쁘실 텐데 시간을 내 주실 수 있으신지요?

您百忙之中不知可否撥冗？

寫信動機

1 請看以下漫畫，想想信件怎麼寫比較好。

> 中文翻譯

諾茗，妳決定好主修了嗎？

還沒耶，我以後想在韓國就業，得好好決定呢…可是我無法取得相關資訊，不曉得該怎麼辦。

這樣啊。要不問問看教授妳覺得怎樣？

這樣嗎？那我得先給教授寫信。

E-MAIL怎麼寫？

1 請閱讀以下電子郵件。

받는 사람	hatj@smail.com
제목	찾아뵙고 싶습니다. (자유전공학부 너밍)

하태주 교수님께

안녕하세요? 교수님. 저는 자유전공학부 너밍입니다.

전공을 정해야 하는 시기가 가까워졌는데 제가 아직 전공을 정하지 못해서 고민이 많습니다. 저는 졸업 후에 한국에서 일을 하고 싶지만 이와 관련하여 실질적인 정보나 조언을 얻기가 힘든 상황입니다. 그래서 교수님께 직접 의견을 여쭙고 상의를 하고 싶습니다. 학기 중이라 여러모로 바쁘실 텐데 잠시 시간을 좀 내 주실 수 있으신지요?

저는 월요일과 화요일에는 수업이 있고 수요일과 목요일, 금요일은 수업이 없어서 선생님께서 편한 시간을 말씀해 주시면 제가 맞출 수 있습니다. 교수님께서 가능하신 시간을 말씀해 주시면 제가 연구실로 찾아뵙도록 하겠습니다.

환절기에 건강 유의하시길 바라며 교수님의 답을 기다리겠습니다.
안녕히 계십시오.

너밍 올림

---

2 閱讀上文並回答下列問題。

❶ 누가 누구에게 쓴 이메일입니까?

❷ 이 사람은 어떤 고민을 하고 있습니까?

❸ 이 사람이 교수님과 만날 수 있는 날은 언제입니까?

3 請學習以下表現模組。

-(으)ㄹ 텐데 -아/어 주실 수 있으신지요?

- 방학 중이라 학교에 안 나오**실 텐데** 만나 **주실 수 있으신지요?**
  放假中想必您不會來學校，不曉得方不方便與您見面？

- 작업을 시작하셨**을 텐데** 이 부분을 다시 검토해 **주실 수 있으신지요?**
  想必您已經開始作業了，不曉得這個部分能否再檢討一下？

- 원고를 거의 다 쓰셨**을 텐데** 앞부분만이라도 좀 보여 **주실 수 있으신지요?**
  我想您原稿差不多都寫好了，前面若干部分可否讓我看一下呢？

  練習

  공연까지 시간이 많지 않을 것 같은데 이 부분을 바꿀 수 있습니까?

  →_____

  여기서 일정이 곧 끝날 것 같은데 다음 회의에 참석하실 수 있습니까?

  →_____

  用「-(으)ㄹ 텐데」表示自己推測的情況，接著後面接「-아/어 주실 수 있으신지요？」用於謙恭詢問對方可能性。不直接詢問「某件事情是否有可能」，而以「-아/어 주실 수 있으신지요？」來表達，給人謙恭有禮的感覺。

-도록 하겠습니다

- 다음부터 이런 실수가 없**도록 하겠습니다.**
  我下次不再犯這種錯誤了。

- 이번 발표는 완벽하게 준비**하도록 하겠습니다.**
  我會完美地準備這次發表。

- 제가 그 문제에 대해 알아보고 다시 연락드리**도록 하겠습니다.**
  我會了解那個問題後再與您連絡。

  練習

  다음에는 늦지 않을게요. →_____

  시장 조사를 하고 나서 결과를 보고 드릴게요.

  →_____

  「-도록 하겠습니다」用於在正式場合中，謙恭地向對方表達「自己將做什麼事」的意志或決心，也可用於正式談話場合。

4 請完成以下電子郵件。

❶ 請使用學過的表現完成下列句子。

> **情況**
>
> 約定前往學長公司拜訪的日期時

_____(으)ㄹ 텐데_____아/어 주실 수 있으신지요?
　　회사 일이 많다　　　　　　　　인터뷰를 위해 시간을 내다

_____도록 하겠습니다.
　　　　　　사무실로 가 뵙다

❷ 請使用上面寫好的句子來完成電子郵件。

보내는 사람 : **유가(학보사 기자/신방과 3학년)**

받는 사람 : **홍민주 선배님**

용건 : **학보에 실릴 졸업생 인터뷰를 위해 10년 전에 졸업한 선배님을 만나고 싶습니다.**

받는 사람	mjhkor98@smail.com	⊕
제목		

　　稱謂
_____

問候與自我介紹
_____

　寫信的理由
_____

　具體內容
_____

_____

_____

　結尾問候
_____

　寄件者
_____

E-MAIL怎麼寫？

1 請閱讀以下電子郵件。

받는 사람	hope3@smail.com, lalah@smail.com, quore@smail.com, xiwon@smail.com, soony@smail.com, buff@smail.com, suvoz@smail.com, troll@smail.com, cuks8@smail.com,
제목	[회의 일정 논의] - 신입 회원 모집 관련

『아미』 회원님들께

안녕하세요? 『아미』 9대 회장 김성호입니다.
아쉽게도 방학이 벌써 끝을 향해 가고 있습니다. 모두들 잘 지내고 계시지
요?

여러분의 활약으로 작년에 계획했던 여러 행사들을 성공적으로 치렀고 동
시에 우리 동아리를 교내에 널리 알리는 효과를 거두었습니다. 이 기세가 올
해에도 계속 이어져 이번에 입학하는 신입생들이 새로운 회원으로 동아리에
많이 가입하기를 기대합니다.

이에 3월에 있을 신입 회원 모집 활동을 준비하기 위한 전체 회의를 갖고자
합니다. 2월 10일 오후 1시 또는 2월 11일 오후 1시에 동아리방에서 회의를
하고자 하니 가능한 시간을 알려 주시기 바랍니다. 금년도 신입 부원 모집 활
동을 진행하기 위해 필수적인 회의이니 적극적인 참여를 부탁드리며 이번
주말까지 회신 부탁드리겠습니다.

그럼 남은 방학도 건강히 지내시고 회의 때 만나 뵙겠습니다.

9대 회장 김성호 올림

2 閱讀上文並回答下列問題。

❶ 누가 누구에게 쓴 이메일입니까?

❷ 이 사람이 메일을 쓴 이유는 무엇입니까?

❸ 메일을 받은 사람은 메일을 읽고 어떻게 해야 합니까?

3 請學習以下表現模組。
....

-고자 합니다

• 공청회를 열어 미세 먼지 해결에 관한 다양한 의견을 듣**고자 합니다.**
  我們要召開公聽會，聽取解決霧霾的各種意見。

• 담당자들이 모여 신차 개발 비용 절감 문제를 함께 의논하**고자 합니다.**
  負責人們集會，要共同討論有關降低新車開發費用問題。

• 회원 여러분께 가을 축제를 개최하게 되었다는 기쁜 소식을 알려 드리**고자 합니다.**
  想告訴各位會員，我們將舉辦秋祭慶典這項令人開心的消息。

  練習
  신제품 시연회에 여러분을 초대하려고 합니다.

  → _____

  주차권 신청 절차 변동 사항에 대해 안내해 드리려고 합니다.

  → _____

  > 「-고자 합니다」用於在正式場合中表達意圖。由於這是比「-(으)려고 합니다」更鄭重的表達方式，常用於正式寫作或談話場合。

-아/어 주시기 바랍니다

• 일정이 안 되시면 내일까지 말씀**해 주시기 바랍니다.**
  若行程不方便，煩請於明天之前告訴我。

• 작성하신 서류를 아래의 주소로 보내 **주시기 바랍니다.**
  麻煩請將寫好的文件寄到下述地址。

• 모교에서 열리는 10주년 동창회에 참석**해 주시기 바랍니다.**
  希望您能參加母校舉辦的10周年同學會。

  練習
  관심이 있으신 분은 이번 주까지 연락해 주세요.

  → _____

  가입하시려면 가입 신청서와 입회비를 내 주세요.

  → _____

  > 「-아/어 주시기 바라다」是「在正式場合中話者表示期盼事項」。搭配「-아/어 주다」表示請託或指示時說「-아/어 주시기 바랍니다」則有關心對方的感覺，而為謙恭的表現。

4 請完成以下電子郵件。

❶ 請使用學過的表現完成下列句子。

準備同好會會長團夏季團體旅遊時

_____고자 합니다.

하계 엠티를 가다

_____아/어 주시기 바랍니다.

금요일 오후나 토요일 오전 중에 편한 시간을 말하다

❷ 請使用上面寫好的句子來完成電子郵件。

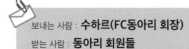

보내는 사람 : **수하르(FC동아리 회장)**

받는 사람 : **동아리 회원들**

용건 : **동아리의 단합회를 떠나려고 하는데 출발 시간을 정하려고 합니다.**

받는 사람	ginmonko@dmail.net, kdsang@gg.com, bbyu7@gg.com, damu5@gg.com, cube38@gg.com, rurujoa@gg.com cheowj@smail.com, shinhyo73@gg.com, victor@gg,com
제목	

　　　稱謂

_____

　　具體內容

_____

_____

_____

_____

_____

　　結尾問候

_____

　　寄件者

_____

來確認一下有沒有寫好吧

1 請閱讀以下電子郵件，找找看是否有寫錯的地方。

받는 사람	mjhkor98@smail.com
제목	방문 신청합니다

홍민주 선배님께

선배님, 안녕하세요? 저는 유가입니다.

갑자기 메일을 보내서 놀라셨죠?

저는 우리 학보에 실릴 졸업생 인터뷰를 위해 선배님을 만나고 싶습니다. 선배님이 바쁘시지만 선배 회사를 방문할 수 있는 날짜를 알려줄 수 있으면 좋겠습니다. 혹시 이번 주 금요일 오후에 잠깐 만나도 되겠습니까?

만약 허락하시면 금요일에 갈게요.

후배 유가 올림

> **等一下！** 請寄送確實告知敲定會面的電子郵件。
>
> 若與對方的約會已具體敲定，最好發一封最終確認郵件。尤其當與長者或有業務往來關係者定好會面時，以「그럼 3시에 연구실로 찾아뵙겠습니다」、「목요일 11시에 뵙겠습니다」將會見時間與場所簡略地再寫一遍然後寄出為佳。
> 此外，也常有用簡訊取代E-MAIL的情形。當用簡訊聯繫時，請留意不要太早或太晚傳。假如知道收簡訊對象可確認簡訊的時間，配合該時間點傳訊息會比較好。

2 閱讀以下內容，確認錯誤的部分。

받는 사람　　mjhkor98@smail.com

제목　　　　방문 신청합니다

寄電子郵件給未曾謀面者時，最好在主旨處表明自己的姓名與所屬單位。

홍민주 선배님께

선배님, 안녕하세요? 저는 유가입니다.

初次自我介紹時，在姓名前簡單表明所屬單位會比較好。

갑자기 메일을 보내서 놀라셨죠?

由於是在互相不認識的狀態下寄送郵件，因此先謙恭表明寄信目的會比較好。

저는 우리 학보에 실릴 졸업생 인터뷰를 위해 선배님을 만나고 싶습니다.

最好是恭敬地詢問對方的情況是否方便。

선배님이 바쁘시지만 선배 회사를 방문할 수 있는 날짜를 알려줄 수 있으

면 좋겠습니다. 혹시 이번 주 금요일 오후에 잠깐 만나도 되겠습니까?

使用鄭重詢問的表現。

만약 허락하시면 금요일에 갈게요.

在正式場合中不使用「-(으)ㄹ 게요」。

目的全寫好然後寫結尾問候以結束信件。

후배 유가 올림

3 修正寫錯的部分然後正確重寫一遍。

받는 사람	mjhkor98@smail
제목	

簡訊請這樣寫

안성주 씨, 면접은 다음 목요일 오후 4시에 가게에 와서 합시다.

정말 죄송하지만 그 시간은 좀 어려운데요. 그날 2시에 전공 시험이 있어서 끝나자마자 가도 4시가 넘을 것 같아서요.

-(으)ㄴ/는데요

用於必須拒絕的情況，這是謙恭有禮表示拒絕理由的表現。

죄송하지만, 평일 오전에는 ＿＿＿＿＿＿＿.
　　　　　　　　　　　　　곤란하다

오전에는 수업이 있어서요.

-(으)면 좋겠는데

表示自己的希望或期盼接「-는데」，以導入接下來要説的話。

여러분이＿＿＿＿＿＿＿＿＿＿무사히
　　　　　만나다

한 학기를 잘 마쳤어요. 고마워요.

안녕하세요. 어제 오후에 방을 구하러 갔던 학생입니다. 말씀하신 후문 쪽에 있는 집의 2층 방을 직접 보면 좋겠는데 언제 가능할까요?

네, 집 주인과 연락해 보고 알려 드릴게요. 먼저 가능하신 시간을 알려 주세요.

Unit 4

🔍 ☰

✉≡

추천서를
부탁드립니다

懇請惠賜推薦書。

寫信動機

1 請看以下漫畫，想想信件怎麼寫比較好。

中文翻譯

大學入學文件中有推薦信，我不曉得該怎麼辦。
當然要拜託認識妳的老師了。
我在想要不要拜託朴老師，是不是應該去拜訪他呢？
妳先寫封信問問老師能不能幫妳寫推薦信吧。

1 請閱讀以下電子郵件。

받는 사람	seongjin@smail.com
제목	추천서를 부탁드립니다.(왕소소)

박성진 선생님께

선생님, 안녕하세요?
저는 한국어교육센터 6급에서 공부하고 있는 왕소소입니다. 제가 다음 학기에 한국대학교 게임학과에 진학하려고 준비 중입니다. 그래서 선생님께 저의 추천서를 부탁드리기 위해 메일을 드립니다.

저는 어렸을 때부터 컴퓨터에 관심이 많았고 고등학교 때 컴퓨터 프로그램 개발 동아리에서 친구들과 여러 가지 프로그램을 만들기도 했습니다. 한국은 게임 산업으로 매우 널리 알려져 있으므로 한국의 대학교에서 게임 기획과 개발에 대해 공부해 보려고 합니다.

선생님께서 4급과 5급에서 저를 가르쳐 주셨고 제가 공부하는 모습을 오랫동안 지켜보셨기 때문에 저에 대해 많이 알고 계실 거라고 생각합니다. 그래서 선생님께 추천서를 부탁드리고 싶습니다. 허락해 주신다면 선생님께서 편한 시간에 추천서 양식과 필요한 자료를 준비하여 찾아뵙도록 하겠습니다.

안녕히 계십시오.

왕소소 올림

2 閱讀上文並回答下列問題。

❶ 왕소소 씨가 게임학과에 가고 싶어 하는 이유는 무엇입니까?

❷ 왕소소 씨가 추천서를 이 분께 부탁하는 이유는 무엇입니까?

❸ 선생님께서 추천서를 써 주신다고 하면 왕소소 씨는 어떻게 할 생각입니까?

3 請學習以下表現模組。

-기 위해 메일을 드립니다

- 요청하신 자료를 보내 드리**기 위해 메일을 드립니다.**
  為奉上您所需的資料而發此信。

- 여름학기 개설 과목을 알리**기 위해 메일을 드립니다.**
  為告知夏季學期開設科目而發此信。

- 사무실 이전으로 바뀐 주소를 안내해 드리**기 위해 메일을 드립니다.**
  為向您知會辦公室遷移的地址而發此信。

練習

상담 일정을 조정하려고 해요.

→ _____

워크숍에 발표자로 신청하려고 해요.

→ _____

這是明確表達發送電子郵件目的時使用的表現。可替換成
「-(으)려고 메일을 보내드립니다」、「-고자 메일을 보내드립니다」。

-(으)므로

- 점심시간에는 사무실이 문을 닫**으므로** 1시 이후에 오시기 바랍니다.
  因午餐時間辦公室大門關閉,請於1點以後再來。

- 이번 회의는 매우 중요한 회의**이므로** 반드시 참석해 주시기 바랍니다.
  這次會議是非常重要的會議,請務必參加。

- 원가 상승으로 비용이 증가하였**으므로** 다시 견적서를 보내드리겠습니다.
  因成本提升費用增加,再次發送試算表給您。

練習

주차 공간이 부족하니까 대중교통을 이용하세요.

→ _____

월요일은 손님이 많아 복잡하니까 다른 요일에 방문해 주세요.

→ _____

「-(으)므로」用於表示後面所接之事的理由或根據。一般日常
對話裡較少使用,常用於正式場合制式的談話或電子郵件中。

4 請完成以下電子郵件。

❶ 請使用學過的表現完成下列句子。

情況

> 請求於考試期間延長圖書館開放時間時

_____기 위해 메일을 드립니다.
시험 기간에 도서관 개방 시간 연장을 부탁하다

_____(으)므로 도서관을 개방해 주시기 바랍니다.
늦은 시간에 학생들이 공부할 곳이 없다

❷ 請使用上面寫好的句子來完成電子郵件。

보내는 사람 : **수하르 (광고홍보학과 3학년)**

받는 사람 : **도서관 관장님**

용건 : **시험 기간에 도서관 개방 시간을 연장해 달라고 부탁하려고 합니다.**

받는 사람	lib@smail.com	⊕
제목		

　稱謂　

_____

問候與自我介紹

_____

　寫信的理由　

_____

　具體內容　

_____

_____

_____

　結尾問候　

_____

　寄件者　

_____

E-MAIL怎麼寫？

1 請閱讀以下電子郵件。

받는 사람	hamd@smail.com
제목	[설문 조사 부탁] - 도시 관광지를 활용한 마케팅 전략

선배님, 안녕하세요?

경영학과 4학년 황티엔입니다. 그동안 잘 지내셨습니까?
제가 이번에 마케팅 전략에 대한 주제로 졸업 논문을 준비하게 되어 선배님께 설문 조사에 참여해 주시기를 부탁드리고자 연락을 드립니다.

이 논문은 도시 관광지를 활용한 마케팅 전략을 세우는 것을 목표로 하고 있습니다. 하지만 제가 사회 경험이 없기 때문에 경험이 많으신 선배님들께 설문 조사를 부탁드리게 되었습니다. 회사 일로 바쁘시겠지만 잠시 시간을 내어 응답해 주시면 저에게 큰 힘이 될 것 같습니다.

일일이 찾아뵙고 부탁을 드려야 하는데 메일로 연락 드려서 죄송합니다. 아직 미숙한 후배를 격려하는 뜻으로 널리 이해해 주시고 설문에 응답해 주시면 감사하겠습니다.

황티엔 올림

설문 참여하기

2 閱讀上文並回答下列問題。

❶ 누가 누구에게 쓴 이메일입니까?

❷ 이메일을 보낸 이유는 무엇입니까?

❸ 이 사람이 쓰는 논문의 내용은 무엇입니까?

3 請學習以下表現模組。

-아/어 주시기를 부탁드립니다

· 신제품 발표회에 꼭 참석해 **주시기를 부탁드립니다**.
務請駕臨新產品發表會。

· 자료를 언제 보내주실 수 있는지 알려 **주시기를 부탁드립니다**.
懇請告知資料何時可以交給我。

· 파일이 첨부되지 않았으므로 다시 확인해 **주시기를 부탁드립니다**.
檔案未隨件寄到，煩請再確認一次。

練習

금요일로 회의를 연기해 주시면 좋겠어요.

→ _____

학교 정문에 신호등을 설치해 주시면 좋겠어요.

→ _____

> 「-아/어 주시기를 부탁드립니다」是用於正式場合中，非常恭敬地向他人表示請託之意。

-아/어 주시면 감사하겠습니다

· 빠른 시일 내에 답장해 **주시면 감사하겠습니다**.
若蒙即覆不勝感激。

· 논문을 쓰는 데 참고할 만한 자료를 추천해 **주시면 감사하겠습니다**.
若能推薦我寫論文值得參考的資料，將感激不盡。

· 불가피한 사정으로 출석하지 못하는 것을 이해해 **주시면 감사하겠습니다**.
若能理解我因不可避免之事無法出席，將感激不盡。

練習

일이 끝나는 대로 연락해 주실 수 있을까요?

→ _____

과제 제출 마감일을 다시 알려 주실 수 있을까요?

→ _____

> 這是恭謹表示請託內容，降低聽者負擔的委婉表現。這是非常鄭重的用語，常用於正式場合談話或電子郵件中。

4 請完成以下電子郵件。

❶ 請使用學過的表現完成下列句子。

情況

> 請學生定好發表組員時

_____아/어 주시기를 부탁드립니다.
발표 팀원을 학생들이 정하게 하다

_____아/어 주시면 감사하겠습니다.
학생들의 의견을 받아들여 주다

❷ 請使用上面寫好的句子來完成電子郵件。

보내는 사람 : **세마눌 (소비자가족학과 18학번)**
받는 사람 : **이동주 교수님**
용건 : **발표 팀원을 학생들이 정하게 해 달라고 부탁하려고 합니다.**

받는 사람	leedj@smail.com	⊕
제목		

稱謂
_____

問候與自我介紹
_____

寫信的理由
_____

具體內容
_____

_____

_____

結尾問候
_____

寄件者
_____

來確認一下有沒有寫好吧

1 請閱讀以下電子郵件，找找看是否有寫錯的地方。

받는 사람	namseonoh@smail.com
제목	장학금 신청을 위한 추천서를 부탁드립니다.

교수님, 안녕하세요?

저는 광고홍보학과 3학년 수하르입니다.
저는 실례지만 교수님께 부탁하는 일이 하나 있습니다. 교수님도 바쁘신데 이런 부탁을 할 수 있는지 저도 잘 모르겠습니다. 그래도 저는 한번 부탁해 봅니다.

요즘 시험이 좀 많은데 저는 정말 간절하게 많이 공부하고 있습니다. 알다시피 학비가 매우 비싸니까 열심히 공부해서 장학금을 받으면 부모님의 부담을 조금 줄일 수 있다고 생각합니다.

그러니까 제가 장학금을 신청하려고 합니다. 교수님께서 저에게 내일까지 추천서를 써 주세요. 교수님의 답장을 기대합니다.

수하르 올림

等一下！

請對方幫忙寫推薦信時，請告知推薦人自己的資訊。

請教授幫忙寫推薦信時，先詢問教授是否可幫忙寫推薦信，若教授說可以，請在大學制式推薦信中填入自己的資訊（個人資料與申請學系）然後用E-MAIL寄給教授。因為是重要郵件，最好於郵件寄出後傳簡訊告知信件已寄出。

此外，考量到教授寫推薦信需要的時間，應於兩週前拜託教授為佳。還有，等之後成績發表，應將其結果稟告予幫忙寫推薦信的教授並向教授致謝才是有禮貌的行為。

2 閱讀以下內容，確認錯誤的部分。

받는 사람	namseonoh@smail.com
제목	장학금 신청을 위한 추천서를 부탁드립니다.

교수님, 안녕하세요?

저는 광고홍보학과 3학년 수하르입니다.

저는 실례지만 교수님께 부탁하는 일이 하나 있습니다. 교수님도 바쁘신데

> 「실례지만」是主要用於對話的表現。

이런 부탁을 할 수 있는지 저도 잘 모르겠습니다. 그래도 저는 한번 부탁해

> 表明寫E-MAIL的目的時，內容應明確。

봅니다.

요즘 시험이 좀 많은데 저는 정말 간절하게 많이 공부하고 있습니다. 알다

> 對長輩應盡量使用謙恭用語。

시피 학비가 매우 비싸니까 열심히 공부해서 장학금을 받으면 부모님의 부

> 「-아/어서」、「-(으)므로」等表現比「-(으)니까」讓人感覺更有禮貌。

담을 조금 줄일 수 있다고 생각합니다.

> 倉促拜託教授解推薦信不合禮儀。

그러니까 제가 장학금을 신청하려고 합니다. 교수님께서 저에게 내일까지
추천서를 써 주세요. 교수님의 답장을 기대합니다.

> 「-(으)세요」讓人有命令的感覺，不是鄭重的表現。

> 信件末端應寫上適當的結尾問候。

수하르 올림

3 修正寫錯的部分然後正確重寫一遍。

받는 사람	namseonoh@smail.com
제목	

선영아. 이번 주에 내가 <현대 사회의 이해> 시간에 발표를 해야 하는데 자신이 없어서 말이야. 네가 발표 원고를 좀 봐 주면 안 될까?

-(으)면 안 될까(요)?

用於委婉表達請求時。

네가 우리 학교 근처로 _____?
오다

금요일에 수업이 늦게 끝나거든.

-아/어다 줘

用於拜託對方幫忙做某件事情時。一般用來請對方準備某樣物品，並攜帶移動至某場所。

학교에 올 때 내 지갑 좀 _____ .
가지다

깜박 잊어버리고 지갑을 놓고 왔어.

케빈~ 내가 오늘 저녁 준비 당번인데 준비하려고 보니까 간장이 다 떨어졌어. 간장 좀 사다 줘.

알았어. 내가 사다 줄게. 더 필요한 건 없어?

Unit **5**

Q ☰

✉≡

수강이 가능한지 여쭤 보려고 메일을 드립니다

請教是否可以選課。

寫信動機

1 請看以下漫畫，想想信件怎麼寫比較好。

中文翻譯

啊，怎麼辦？我課都選好了，但聽說《社會學原理》只有一年級能申請。
問一下系辦吧。
我問了，說要教授同意。
那你就寫信給教授唄。

1 請閱讀以下電子郵件。

받는 사람	leemr@smail.com
제목	<사회학 원론> 수강 문의

이미라 교수님께

안녕하십니까? 교수님
저는 철학과 18학번 강철수입니다. 방학 중에 연락을 드려 죄송합니다.
다름이 아니라 다음 학기에 개설되는 <사회학 원론>을 수강하고 싶어서 가능한지 여쭤 보려고 메일을 드립니다.

저는 지난 학기부터 사회학을 부전공으로 공부하고 있습니다. 고등학교 때 '사회과학방법론'이라는 수업을 들으면서 사회학을 계속 탐구하고 싶다는 생각을 했습니다.

그래서 이번 학기에 <사회학 원론>을 수강하고 싶은데 1학년만 들을 수 있다고 되어 있습니다. 과 사무실에서는 교수님께서 허락해 주신다면 가능하다고 합니다. 큰 문제가 없다면 수강을 허락해 주실 수 있으신지요? 수강을 허락해 주신다면 열심히 공부하도록 하겠습니다.

그럼 좋은 소식을 기대하며 이만 줄이겠습니다. 감사합니다.

철학과 강철수 올림

2 閱讀上文並回答下列問題。

❶ 누가 누구에게 쓴 이메일입니까? 두 사람은 어떤 관계입니까?

❷ 철수 씨가 이 과목을 수강하고 싶어 하는 이유는 무엇입니까?

❸ 철수 씨가 이메일을 보낸 이유는 무엇입니까?

3 請學習以下表現模組。

다름이 아니라

- **다름이 아니라** 여쭤 보고 싶은 것이 있어서 연락드립니다.
  無他，因有想問的事情所以與您連絡。
- **다름이 아니라** 보내주신 물건이 주문한 물건과 다른 것 같습니다.
  不為別的，您寄給我的物品似乎與我訂的不一樣。
- **다름이 아니라** 이번에 진행되는 프로젝트의 상세한 일정을 알고 싶습니다.
  不為別的，我想了解這次進行的計畫之詳細流程。

練習

다음 회의에 참석하지 못할 것 같아요.

→ _____

원고 제출 마감이 언제인지 알고 싶어서 연락드려요.

→ _____

稍微提一下他事，要轉入正題時使用。因此「다름이 아니라」後面所接的內容就是書寫電子郵件的理由。在電子郵件中使用「다름이 아니라」，讓人有謹慎提起寫信目的的感覺，是為謙恭之用法。

-(으)ㄴ/는지 여쭤 보려고

- 몇 시쯤 도착하시**는지 여쭤 보려고** 연락을 드립니다.
  想請問一下您大約幾點抵達因此與您聯繫。
- 회의 시간 변경이 가능**한지 여쭤 보려고** 메일을 드립니다.
  想請問會議時間是否可變更而給您寫信。
- 이번 학기에 수업이 없는 날이 언제**인지 여쭤 보려고** 합니다.
  我想請問一下這學期哪一天沒有課。

練習

새로 나온 제품의 디자인이 어때요?

→ _____

저희 사무실로 방문해 주실 수 있어요?

→ _____

「-(으)ㄴ/는지 여쭤 보려고」的前面寫想要請教的內容；「-(으)ㄴ/는지 여쭤 보려고」後面接「합니다」、「연락을 드립니다」、「메일을 드립니다」等語尾。常用於正式場合談話或鄭重書寫信件的時候。

4 請完成以下電子郵件。

❶ 請使用學過的表現完成下列句子。

情況

問系辦休學手續

다름이 아니라 _____
다음 학기에 사정이 있어서 고향에 돌아가야 하다

_____(으)ㄴ/는지 여쭤 보려고 연락을 드립니다.
휴학을 어떻게 할 수 있다

❷ 請使用上面寫好的句子來完成電子郵件。

보내는 사람 : **하루카 (컴퓨터공학과 2학년)**
받는 사람 : **학과 사무실 조교**
용건 : **휴학 절차를 물어 보려고 합니다.**

받는 사람	office09@smail.com
제목	

稱謂
_____

問候與自我介紹
_____

寫信的理由
_____

具體內容
_____

_____

_____

結尾問候
_____

寄件者
_____

E-MAIL怎麼寫？

1 請閱讀以下電子郵件。

받는 사람	mn99@smail.com
제목	장학금 신청에 관한 문의

건축학과 조교님께

안녕하세요?
저는 이번에 건축학과에 입학하게 된 신입생 로안입니다. 한국에서 건축학 공부를 꼭 해 보고 싶었는데 이렇게 입학하게 되어 무척 기쁩니다.

그런데 한 가지 궁금한 점이 있어서 메일을 드립니다. 제가 고향인 베트남에서 대학을 졸업하고 이번에 다시 한국의 대학에 입학하게 되어 부모님께서 큰 부담을 느끼고 계십니다. 그래서 외국인의 장학금 신청에 관해 문의드립니다. 신청할 수 있다면 어떤 조건이 필요한지도 알고 싶습니다.

제가 학교에 다니면서 아르바이트를 할 계획이지만 아직 한국 생활에 익숙하지 않기 때문에 아르바이트를 구하는데 시간이 걸릴 것 같습니다. 장학금을 받을 수 있다면 학업에 더욱 집중할 수 있지 않을까 생각합니다. 부디 제가 장학금을 받을 수 있도록 도와주시면 감사하겠습니다.

그럼 개강하면 학교에서 뵙도록 하겠습니다. 안녕히 계십시오.

신입생 로안 올림

2 閱讀上文並回答下列問題。

❶ 누가 누구에게 쓴 이메일입니까?

❷ 이 사람이 메일을 쓴 이유는 무엇입니까?

❸ 장학금을 받고 싶어 하는 이유는 무엇입니까?

3 請學習以下表現模組。
....

에 관해 문의드립니다

• 휴일 근무 수당**에 관해 문의드립니다.**
  請教有關假日工作津貼事宜。

• 박물관 단체 관람료**에 관해 문의드립니다.**
  請教博物館團體參觀票價相關事宜。

• 중앙 도서관 도서 대출 기간**에 관해 문의드립니다.**
  請教中央圖書館借書時間相關事宜。

  練習
  수강 신청 기간을 알고 싶습니다.
  →＿＿＿＿＿＿＿＿＿＿＿＿＿＿＿＿＿＿＿＿＿＿＿＿＿＿＿＿

  대학원 석사 학위 논문 제출 자격을 알고 싶습니다.
  →＿＿＿＿＿＿＿＿＿＿＿＿＿＿＿＿＿＿＿＿＿＿＿＿＿＿＿＿

  這是用於詢問某項主題時的表現。在電子郵件或簡訊中鄭重詢問時經常使用。

-지 않을까 생각합니다

• 물품 단가가 내려가면 물건이 더 많이 팔리**지 않을까 생각합니다.**
  我在想若商品單價降低，則會賣得更多。

• 조별 활동을 하면 학생들이 적극적으로 참여하**지 않을까 생각합니다.**
  我在想若分組活動的話，學生會不會積極參與。

• 부전공을 선택하여 더 공부한다면 취직할 때 더 유리하**지 않을까 생각합니다.**
  我在想選副修再多學一點，就業時會不會比較有利。

  練習
  눈이 너무 많이 오면 여행을 가기 어려울 것 같아요.
  →＿＿＿＿＿＿＿＿＿＿＿＿＿＿＿＿＿＿＿＿＿＿＿＿＿＿＿＿

  수학을 잘하면 경제학을 공부할 때 유리할 것 같아요.
  →＿＿＿＿＿＿＿＿＿＿＿＿＿＿＿＿＿＿＿＿＿＿＿＿＿＿＿＿

  表示自己是那樣推測的內容時使用。與「-(으)ㄹ 거라고 생각합니다」的意思沒有差異，但因為「-지 않을까」給人有謹慎、躊躇的感覺，讓人有更謙恭之感。

4 請完成以下電子郵件。

❶ 請使用學過的表現完成下列句子。

> **情況** 請使用上面寫好的句子來完成下方電子郵件。

_____에 관해 문의드립니다.
기숙사 신청 자격

_____지 않을까 생각합니다.
기숙사에서 살 수 있다면 경제적으로 많은 도움이 되다

❷ 請使用上面寫好的句子來完成電子郵件。

> 보내는 사람 : **리다 (외교학과 신입생/리비아)**
> 받는 사람 : **행정실 기숙사 담당자**
> 용건 : **외국인도 기숙사를 신청할 수 있는지 물어보려고 합니다.**

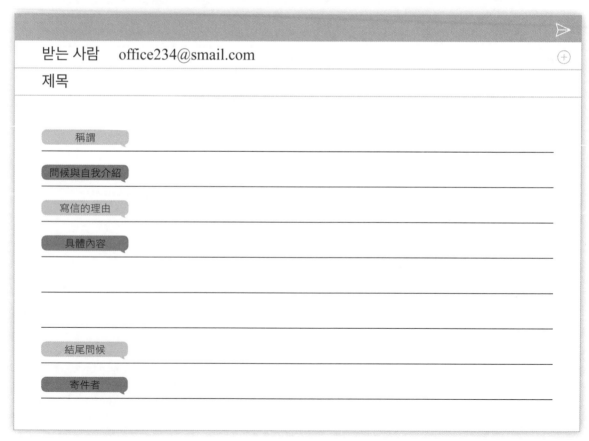

받는 사람　　office234@smail.com

제목

> 稱謂 _____

> 問候與自我介紹 _____

> 寫信的理由 _____

> 具體內容 _____

_____

_____

> 結尾問候 _____

> 寄件者 _____

來確認一下有沒有寫好吧

1 請閱讀以下電子郵件，找找看是否有寫錯的地方。

받는 사람	office234@smail.com
제목	외국인의 기숙사 신청 문의

저는 외교학과 신입생 리다입니다.
그런데 이번 학기에 기숙사를 신청하려고 하는데 외국인이 신청할 수 있는
지 없는지 묻고 싶습니다.

외국인은 한국에 집이 없으니까 기숙사에 살면 좋다고 생각합니다. 그러니
까 저한테 기숙사를 주기 바랍니다.

기숙사 신청을 어디에서 어떻게 합니까? 한 달에 얼마입니까? 질문이 많아
서 미안합니다. 기숙사에 가면 열심히 공부하도록 하겠습니다.
고맙습니다.

리다 올림

等一下！

寫信時，請盡量使用鄭重、謙恭的用語。
由於書寫信件並非直接與對方見面談話，為避免誤會，
盡最大限度使用鄭重、謙恭的用語為佳。常用語法中
有更鄭重的表達方式。譬如「감사합니다」比「고맙습니
다」更鄭重；「죄송합니다」比「미안합니다」更謙恭。
此外，與其使用「다음에 봅시다」不如使用「다음에 뵙겠
습니다」；使用「오후에 찾아가도 좋습니까？」不如使用
「오후에 찾아가도 괜찮으신지요？」會給人更鄭重、謙恭
的感覺。

2 閱讀以下內容，確認錯誤的部分。

받는 사람　office234@smail.com

제목　외국인의 기숙사 신청 문의

> 先稱呼收件者及信頭問候，然後再做自我介紹。

저는 외교학과 신입생 리다입니다.

그런데 이번 학기에 기숙사를 신청하려고 하는데 외국인이 신청할 수 있는

> 進入主文之前若使用更小心提起話題的用語可減輕收信者的負擔，給人有禮的感覺。

지 없는지 묻고 싶습니다.

> 使用尊待語「여쭈다」比「묻다」更恭謹。

외국인은 한국에 집이 없으니까 기숙사에 살면 좋다고 생각합니다. 그러니

> 信件中，推測法會比斷定式用語顯得更加謙恭。

까 저한테 기숙사를 주기 바랍니다.

> 若使用表要求的表現，有可能讓對方看了心情不好。

기숙사 신청을 어디에서 어떻게 합니까? 한 달에 얼마입니까? 질문이 많아

> 若使用「-는지 문의드립니다」會顯得更加鄭重。

서 미안합니다. 기숙사에 가면 열심히 공부하도록 하겠습니다. 고맙습니다.

> 「죄송합니다」是更加鄭重的表現。

> 「감사합니다」是更加鄭重的表現。

리다 올림

74

3 修正寫錯的部分然後正確重寫一遍。

....

받는 사람	office234@smail.com	⊕
제목		

선영아. 안녕? 나 신
페이야. 내가 지난
주 <영어 기초>
시간에 결석을 해서
그러는데 네가 필기
한 것 좀 빌려 줄 수
있을까?

물론이지. 내가 십
분 뒤에 전화할게.

-아/어 줄 수 있을까(요)?

這是請求的表現，用於謹慎詢問時。

은수야. 우리 약속을 삼십 분 _____
　　　　　　　　　　　　　　　　늦추다

금요일 저녁이라서 길이 많이 막힐 것 같아
서.ㅠㅠ

-나요?

詢問時若使用「-나요?」不顯生硬，
而有委婉之感。

선배님, 혹시 모임 시간이 _____?
　　　　　　　　　　　　변경되다

약속 장소에 왔는데 아무도 없어서요.

안녕하세요. 5월 5일
3인실 예약하려고 하
는데요. 그 날 방이
비어 있나요?

저희 펜션에 연락 주
셔서 감사합니다. 아
직 방이 남아 있습니
다. 예약 원하시면 연
락 주세요.

Unit 6

미리 연락드렸어야 했는데 그러지 못해 죄송합니다

未能事先聯絡甚是抱歉。

寫信動機

1 請看以下漫畫，想想信件怎麼寫比較好。

中文翻譯

哲秀，昨天的發表怎麼樣？我沒能出席，組員們都很累吧？

突然叫我們發表，組長很慌張。教授也相當為難。

不會因為我，害我們這組沒成績吧？

首先，先寫信向教授致歉吧。分數教授想必會拿捏的。

E-MAIL怎麼寫？

1 請閱讀以下電子郵件。

받는 사람	chohs@smail.com
제목	사과의 말씀 드립니다.(황티엔)

조흥수 교수님께

교수님, 안녕하세요.
경영학과 4학년 황티엔입니다. 제가 어제 <경제학개론> 시간에 3조 발표를 맡았었는데 부득이한 사정으로 출석하지 못했습니다. 이에 사과의 말씀을 드리고자 메일을 드립니다.

어제 학교에 가는 길에 제가 탄 버스가 사고가 났습니다. 그래서 곧바로 승객이 모두 경찰서와 병원에 가게 되어 경황이 없었습니다. 교수님께 미리 연락을 드렸어야 했는데 연락을 드리지 못해서 대단히 죄송합니다.

발표자 대신 다른 조원이 갑자기 발표하는 바람에 수업이 원활하게 진행되지 못했다고 들었습니다. 다른 조원들의 잘못이 아니고 저의 실수로 일어난 일이니 교수님께서 널리 양해해 주시기를 바라며 앞으로는 이런 일이 없도록 하겠습니다.

다시 한번 죄송하다는 말씀을 드리며 앞으로 더욱 성실하게 열심히 공부하도록 하겠습니다.

황티엔 올림

2 閱讀上文並回答下列問題。

❶ 누가 누구에게 쓴 이메일입니까?

❷ 이 사람은 무엇에 대해 사과하고 있습니까?

❸ 이 사람이 수업에 가지 못한 이유는 무엇입니까?

3 請學習以下表現模組。

-았/었어야 했는데 -지 못해서

- 좀 더 일찍 말씀 드렸어야 했는데 말씀드리지 못해서 죄송합니다.
  應該早點告訴您的，沒能跟您說很抱歉。

- 금액을 미리 확인을 했어야 했는데 확인하지 못해서 착오가 생겼습니다.
  應該先確認金額的，沒能確認而出了差錯。

- 출발 전에 서류를 챙겼어야 했는데 챙기지 못해서 이렇게 부탁을 드립니다.
  出發前應該準備好文件才對，但是我沒帶到，所以才這樣拜託您。

  [練習]

  마감 전에 등록을 못해서 연락드려요.

  →＿＿＿＿＿＿＿＿＿＿＿＿＿＿＿＿＿＿＿＿＿＿＿＿＿＿

  제출 전에 한 번 더 꼼꼼히 못 봐서 죄송해요.

  →＿＿＿＿＿＿＿＿＿＿＿＿＿＿＿＿＿＿＿＿＿＿＿＿＿＿

  「-았/었어야 했는데 -지 못해서」表示必須做但沒能做到而感到後悔。使用「-지 못해서」會比用「못-」更讓人有謙恭之感。

-다는 말씀을 드립니다

- 이번 프로젝트는 함께 하기 어렵겠다는 말씀을 드리게 되어 죄송합니다.
  很抱歉告訴您這次的企劃合作有點困難。

- 저희의 제안을 흔쾌히 승낙해 주셔서 감사하다는 말씀을 드리며 추후에 직접 뵙고 일정을 말씀 드리도록 하겠습니다.
  您欣然允諾我們的提案謹致謝意，我們稍後將直接拜訪與您報告流程。

- 연결해 드린 분이 조건에 맞으시다니 저도 기쁘다는 말씀을 드리며 사업이 잘 되시기를 기원합니다.
  聽您說與您連繫的人合於條件，我也感到很高興，祝您事業昌隆。

  [練習]

  약속한 기한보다 늦어져서 죄송하고 앞으로는 시간을 잘 지키겠습니다.

  →＿＿＿＿＿＿＿＿＿＿＿＿＿＿＿＿＿＿＿＿＿＿＿＿＿＿

  작업이 마음에 드신다니 저도 기쁘고 다른 기회에 또 함께 하기를 바랍니다.

  →＿＿＿＿＿＿＿＿＿＿＿＿＿＿＿＿＿＿＿＿＿＿＿＿＿＿

  「-다는 말씀을 드립니다」用於非常恭敬地表示自己所想的內容時。一般與表示自己情感的字彙一起使用，常用於正式電子郵件。

4 請完成以下電子郵件。

● 請使用學過的表現完成下列句子。

情況

比作業繳交截止日更晚提交作業時

_____았/었어야 했는데_____지 못해서 죄송합니다.

　　기한 내에 내다　　　　　　　　　　　　　　시간을 지키다

_____다는 말씀을 드리며 다음 과제는 제출 마감일을 꼭

　　정말 죄송하다

지키도록 하겠습니다.

❷ 請使用上面寫好的句子來完成電子郵件。

보내는 사람 : **리신야오(심리학과 3학년)**

받는 사람 : **김정현 교수님**

용건 : **과제의 제출 기한을 넘긴 후에 과제를 제출하려고 합니다.**

받는 사람	kimjhvit@smail.com	⊕

稱謂 _____

問候與自我介紹 _____

寫信的理由 _____

具體內容 _____

_____

_____

結尾問候 _____

寄件者 _____

E-MAIL怎麼寫？

1 請閱讀以下電子郵件。

받는 사람	kimwo@smail.com
제목	약속 날짜를 지키지 못해 죄송합니다.(량원)

선배님께

안녕하세요? 선배님.

요즘 발표 준비 때문에 바쁘시지요? 제가 선배님을 잘 도와 드리겠다고 약속을 했는데 죄송하다는 말씀을 드리게 되었습니다. 내일까지 번역을 완성해 드리기로 했는데 약속 날짜를 지키지 못할 것 같습니다.

제가 어젯밤에 갑자기 장염 때문에 응급실에 다녀오느라고 아직 번역을 완성하지 못했습니다. 정말 죄송합니다. 괜찮으시면 모레까지 해 드려도 되는지요? 모레까지 시간을 주시면 제가 완벽하게 정리해서 보내 드리도록 하겠습니다.

선배님이 준비하시는 데 심려를 끼쳐 드려 정말 죄송합니다.

량원 올림

2 閱讀上文並回答下列問題。

① 누가 누구에게 쓴 이메일입니까?

② 이 사람이 메일을 쓴 이유는 무엇입니까?

③ 이 사람이 일을 끝내지 못한 이유는 무엇입니까?

④ 이 사람이 약속한 내용은 무엇입니까?

3 請學習以下表現模組。

・・・

-느라고 -지 못했습니다

• 고향에 급히 갔다 오**느라고** 메일을 확인하**지 못했습니다.**
  匆匆忙忙回了一趟老家所以沒能收信。

• 중간시험을 준비하**느라고** 연습에 참가하**지 못했습니다.**
  因準備期中考以致無法參加練習。

• 밀린 주문을 처리하**느라고** 문의에 신속히 답해 드리**지 못했습니다.**
  因為在處理延遲的訂單，而無法迅速回答您的問題。

【練習】

교외 대회에 참가했기 때문에 수업에 못 왔어요.

→ _____

교수님을 도와 드렸기 때문에 어제 동아리 활동에 못 나갔어요.

→ _____

> 「-느라고 -지 못했습니다」用於表示無法做該行動之理由。「-느라고」
> 後接否定結果，使用「-지 못하다」委婉表達，不讓收件人心情不好。

을/를 끼쳐 드려 죄송합니다

• 선생님께서 연구하시는 데 폐**를 끼쳐 드려 죄송합니다.**
  對老師的研究造成困擾，非常抱歉。

• 갑작스럽게 장소를 옮겨 고객님께 불편을 **끼쳐 드려 죄송합니다.**
  突然轉換場所，造成顧客的不便敬請見諒。

• 일을 진행하시느라 정신이 없으실 텐데 걱정을 **끼쳐 드려 죄송합니다.**
  您工作中想必不能分心，給您添加麻煩非常抱歉。

【練習】

그동안 저 때문에 걱정하시게 해서 죄송해요.

→ _____

출발 시간이 늦어져서 불편하게 해 드려 죄송해요.

→ _____

> 「을/를 끼쳐 드려 죄송합니다」是向收件者道歉時使用的正式表現。除
> 此之外，也經常使用「걱정을 끼쳐 드려 죄송합니다」、「불편을 끼쳐 드
> 려 죄송합니다」、「폐를 끼쳐 드려 죄송합니다」。

4 請完成以下電子郵件。

❶ 請使用學過的表現完成下列句子。

> **情況**
>
> 因應徵作品展準備中負責的部分無法全部完成而道歉時

_____느라고_____지 못했습니다.
　　고향에 급한 일이 생겨 다녀오다　　　　　　맡은 부분을 끝내다

공모전을 준비하느라 바쁜데 _____를 끼쳐 드려 죄송합니다.
　　　　　　　　　　　　　　　심려

❷ 請使用上面寫好的句子來完成電子郵件。

> 보내는 사람 : **응후엔**
> 받는 사람 : **장고은 선배**
> 용건 : **공모전 준비 중 맡은 부분을 완성하지 못해서 사과하려고 합니다.**

받는 사람　　hmslara@smail.com　　　　　　　　　　　⊕

　　　　稱謂
_____

　　問候與自我介紹
_____

　　寫信的理由
_____

　　具體內容
_____

_____

_____

　　結尾問候
_____

　　寄件者
_____

來確認一下有沒有寫好吧

1 請閱讀以下電子郵件,找找看是否有寫錯的地方。

받는 사람	hmslara@smail.com
제목	공모전 준비를 끝내지 못해서 죄송합니다.

장고은 선배님께

안녕하세요? 저는 응후엔이라고 합니다.

제가 선배님께 이메일을 보내는 이유는 다름이 아니라 이번 공모전 준비 때문입니다. 제가 갑자기 고향집에 다녀오느라고 맡은 부분을 완성하지 못했습니다. 정말 죄송합니다. 저 때문에 생긴 문제들이 선배님에게 고민을 주는 것을 정말 미안합니다.

혹시 시간을 조금 더 주시면 괜찮습니까? 2일 정도면 완성할 수 있습니다.

저를 용서하기를 바랍니다.

응후엔 올림

> **等一下!** 請添加副詞,恭敬地表達自己的心意。
> 使用「대단히」、「정말」、「진심으로」、「절대」、「언제든지」、「부디」、「다시 한번」等副詞可以謙恭地表達自己的心意。「대단히 감사합니다」、「절대 잊지 않겠습니다」、「진심으로 사과드립니다」、「부디 양해해 주시기 바랍니다」、「다시 한번 죄송하다는 말씀을 드립니다」等使用副詞表達的話,就會強調謙恭的態度。

2 閱讀以下內容，確認錯誤的部分。

받는 사람　　hmslara@smail.com

제목　　　　공모전 준비를 끝내지 못해서 죄송합니다.

장고은 선배님께

안녕하세요? 저는 응후엔이라고 합니다.

> 對已經認識自己的人不使用「-(이)라고 합니다」。

제가 선배님께 이메일을 보내는 이유는 다름이 아니라 이번 공모전 준비 때문입니다. 제가 갑자기 고향집에 다녀오느라고 맡은 부분을 완성하지 못

했습니다. 정말 죄송합니다. 저 때문에 생긴 문제들이 선배님에게 고민을

> 雖然可以理解意思但不自然，請使用正式的道歉表現。

주는 것을 정말 미안합니다.

혹시 시간을 조금 더 주시면 괜찮습니까? 2일 정도면 완성할 수 있습니다.

> 請使用詢問是否有可能的表現。

저를 용서하기를 바랍니다.

> 比起表達自己的期盼之意，向對方謙恭地表達自己的歉意會比較好。

응후엔 올림

3 修正寫錯的部分然後正確重寫一遍。

받는 사람	hmslara@smail.com
제목	

정호야, 미안하지만 우리 모레 만나기로 한 약속을 미뤄야 할 것 같아. 정말 미안해. 이번 과제가 현장 체험인데 그쪽에서 모레밖에 시간이 안 된대. 주말에 만나면 안 될까? 대신 내가 맛있는 점심 살게.

할 수 없지, 뭐. 그럼 일요일에 만나자.

미안하지만

這是為了道歉，先向對方表達歉意再提起話題時使用的表現。

지민아, ＿＿＿＿＿＿＿ 내일 약속 시간을 한
　　　　　　미안하다

시간만 늦출 수 있을까?

-아/어서 죄송해요

這是具體表明錯誤之處或道歉的內容以致歉時使用的表現。

어제는 바쁘신데 시간을 너무 많이 ＿＿＿＿＿＿

＿＿＿＿＿＿＿＿. 선배님 덕분에 문제를 쉽게
뺏은 것 같다

해결할 수 있을 것 같아요.

선배! 어제 잘 들어가셨죠? 제가 어제 너무 많이 마셨나 봐요. 선배한테 실수를 한 것 같아서 죄송해요. 기분 많이 상하셨어요? 앞으로는 이런 일 없도록 조심할게요.

특별히 실수한 건 없으니 걱정하지 마.

Unit 7

Q ☰

✉≡

다양한 색상의 가방을 만들어 주셨으면 합니다

建議製作多種色相的包包。

1 請看以下漫畫，想想信件怎麼寫比較好。

中文翻譯

這是新出的包包嗎？設計很漂亮。
是的，下個月開始會在我們的線上購物中心販售。
設計很美，可是顏色好暗沉。
是喔？看來我得跟包包公司講一下。

E-MAIL怎麼寫？

1 請閱讀以下電子郵件。

받는 사람	joabag@amail.com
제목	201 모델의 색상 제안

미림 가방 제품 개발 담당자님께

안녕하십니까? 저는 하나 온라인 몰을 운영하고 있는 김수영이라고 합니다. 저희 하나 온라인 몰은 젊은 대학생들에게 인기 있는 가방을 판매하는 회사입니다. 이번에 귀사에서 새로 출시한 가방 201모델에 많은 관심을 가지고 있습니다. 디자인이 참신하여 많은 소비자들이 좋아할 것으로 기대하고 있습니다. 좋은 가방을 만들어 주셔서 감사합니다. 다만 가방에 대해 한 가지 아쉬운 점이 있어서 그것에 대해 말씀드리고자 메일을 드립니다.

이 가방은 현재 색상이 까만색밖에 없어서 소비자가 제품을 선택할 수 있는 폭이 좁습니다. 그래서 다른 색상의 가방도 만들어 주셨으면 합니다. 가방의 색상이 더 다양하다면 소비자들이 고를 수 있는 선택의 폭도 넓어질 것입니다.

좋은 가방을 만들어 주신 것에 대해 다시 한번 감사드리며 앞으로 귀사의 무궁한 발전을 바랍니다. 감사합니다.

하나 온라인 몰 대표 김수영 올림

2 閱讀上文並回答下列問題。

❶ 김수영 씨는 어떤 일을 하고 있습니까? 메일을 쓴 이유는 무엇입니까?

❷ 김수영 씨는 이 가방의 좋은 점이 뭐라고 생각합니까?

❸ 김수영 씨가 제안하는 내용은 무엇입니까? 그 이유는 무엇입니까?

3 請學習以下表現模組。

-아/어 주셨으면 합니다

- 강의실을 더 넓은 곳으로 바꿔 주셨으면 합니다.
  希望幫忙將教室換到更寬敞的地方。

- 이 옷은 소매가 잘못 만들어졌으니 환불해 주셨으면 합니다.
  這件衣服的袖子沒車好，希望可以退貨。

- 시간이 너무 촉박하니 발표 날짜를 연기해 주셨으면 해서 연락을 드립니다.
  時間太緊迫，希望能將發表日期延後故與您聯繫。

練習

연락처를 알려 주세요.→＿＿＿＿＿＿＿＿＿＿＿＿＿＿＿＿＿＿

파일을 다시 보내 주세요.→＿＿＿＿＿＿＿＿＿＿＿＿＿＿＿＿

這是鄭重提議自己願望時使用的表現。電子郵件中不使用直接表露自身意見的
「-아/어 주세요」，而是如「-아/어 주셨으면 합니다」這般謹慎表達自己的意見。

-다면 -(으)ㄹ 것입니다

- 새 사무실로 이전한다면 소음 문제는 해결될 것입니다.
  如果搬到新的辦公室，噪音問題就會解決。

- 부품의 가격이 인상된다면 물건 가격에도 영향을 미칠 것입니다.
  假如零件價格上漲，也會影響到商品價格。

- 공항에서 시내까지 교통편 제공을 원하신다면 요금이 추가될 것입니다.
  您若想要我們提供機場到市區的交通工具，費用將會增加。

練習

새 메뉴를 개발하면 손님들이 더 많아질 거예요.

→＿＿＿＿＿＿＿＿＿＿＿＿＿＿＿＿＿＿＿＿＿＿＿

참석자들이 발표 시간을 잘 지키면 일정대로 진행될 거예요.

→＿＿＿＿＿＿＿＿＿＿＿＿＿＿＿＿＿＿＿＿＿＿＿

「-다면」前面的內容若實現，後內容某種情況的變化將因此發生。因為是以
假設表示提議內容而不是直接提議，委婉表達給人謙恭的感覺。雖然跟「-(으)
면 -(으)ㄹ 거예요」意思相似，但「-다면 -(으)ㄹ 것입니다」是更加謙遜的表現。

4 請完成以下電子郵件。

❶ 請使用學過的表現完成下列句子。

情況

> 建議增加學生餐廳蔬食菜單時

_____아/어 주셨으면 합니다.
　　　　　학생 식당 메뉴에 채식 메뉴를 추가하다

_____다면_____(으)ㄹ 것입니다.
채식 메뉴를 추가해 주시다　　　　채식을 하는 학생들도 식사를 할 수 있다

❷ 請使用上面寫好的句子來完成電子郵件。

보내는 사람 : **카일리(화학공학과)**
받는 사람 : **학생 식당 영양사님**
용건 : **학생 식당에 채식 메뉴를 추가해 달라고 제안하려고 합니다.**

받는 사람	sanghyeop@smail.com
제목	

　　稱謂
_____

　問候與自我介紹
_____

　　寫信的理由
_____

　　具體內容
_____

_____

_____

　　結尾問候
_____

　　寄件者
_____

E-MAIL怎麼寫?

1 請閱讀以下電子郵件。

받는 사람	mn99@smail.com
제목	선배님, 1학년 이준서입니다.

선배님께

안녕하세요? 선배님.
사회학과 1학년 대표 이준서입니다.
곧 중간시험이 시작되어 바쁘실 텐데 연락드려 죄송합니다. 중간시험 이후
에 2학년 선배님들과 1학년 학생들이 모여 간단하게 체육대회를 하면 어떨
까 하여 메일을 드립니다.

대학 생활을 시작한 지 세 달이 지났지만 아직도 대학 생활이 쉽지 않습니다.
학과 공부도 어렵고 시간 관리도 잘 못해서 어떻게 해야 할지 고민이 많습니
다. 그래서 선배님들과 같이 체육대회를 하면서 학교생활에 대한 좋은 이야
기를 듣고 싶은데 어떻게 생각하세요? 체육대회를 하게 된다면 중간시험이
끝난 후 주말에 하면 좋을 듯합니다.

바쁘시겠지만 메일 보시고 바로 의견을 주시면 감사하겠습니다.

1학년 대표 이준서 올림

2 閱讀上文並回答下列問題。

❶ 누가 누구에게 쓴 이메일입니까?

❷ 이 사람이 메일을 쓴 이유는 무엇입니까?

❸ 메일을 쓴 사람이 체육대회를 하고 싶어 하는 이유는 무엇입니까?

3 請學習以下表現模組。

-(으)면 어떨까 합니다

• 메일을 안 보는 경우도 있으니 문자를 보내**면 어떨까 합니다.**

　也有沒收信的情形，所以傳個簡訊如何？

• 이번 여행은 회원들이 편하게 쉴 수 있는 곳으로 가**면 어떨까 합니다.**

　這次的旅行去會員們可以放鬆休息的地方如何？

• 직원들이 야근하는 일이 없도록 업무 지시를 오전에 해 주시**면 어떨까 합니다.**

　不讓員工加班，在上午就下達業務指示，如何？

練習

회의를 한 주 연기합시다. →＿＿＿＿＿＿＿＿＿＿＿＿＿＿＿＿＿＿＿＿＿＿

기숙사 입구에 CCTV를 설치합시다. →＿＿＿＿＿＿＿＿＿＿＿＿＿＿＿＿＿

> 用於謹慎提出建議時。由於信件中不強烈表示自己主張，因此不太使用「-(으)ㅂ시다」，而是用「-(으)면 어떨까 합니다」謙恭敬地表述。

-(으)면 좋을 듯합니다

• 비용을 줄이려면 각자 집에서 점심을 준비해 오**면 좋을 듯합니다.**

　若要減少費用，各自從家裡準備午餐帶來似乎不錯。

• 부품을 바꿀 경우 발생하는 비용을 확인한 후 주문하**면 좋을 듯합니다.**

　若要更換零件，在確認費用之後再下單會比較好。

• 회사 도서관에도 좋은 책들이 많으니까 거기에서 책을 빌리**면 좋을 듯합니다.**

　公司圖書館也有許多好書，從那邊借書似乎不錯。

練習

문자로 연락하면 좋겠어요. →＿＿＿＿＿＿＿＿＿＿＿＿＿＿＿＿＿＿＿＿＿

직접 만나서 의논하는 게 좋겠어요. →＿＿＿＿＿＿＿＿＿＿＿＿＿＿＿＿＿

> 雖然「-(으)ㄹ 듯하다」是表示推測的表現，但也用於委婉表達自己想法的場合。若使用「-(으)면 좋을 듯합니다」則予人有保留自己想法之感而為更加謙恭的表達法。

4 請完成以下電子郵件。

① 請使用學過的表現完成下列句子。

情況

提議出借系辦書籍時

_____(으)면 어떨까 합니다.
학과 사무실에 있는 전공 책을 학생들에게 대출해 주다

_____ (으)면 좋을 듯합니다.
필요한 학생들이 빌려볼 수 있다

② 請使用上面寫好的句子來完成電子郵件。

보내는 사람 : **산드라(국제학부 4학년)**
받는 사람 : **학과 사무실 조교**
용건 : **학과 사무실에 있는 전공 도서를 학생들에게 대출해 달라는 제안을 하려고 합니다.**

받는 사람	office09@smail.com
제목	

稱謂
_____

問候與自我介紹
_____

寫信的理由
_____

具體內容
_____

_____

_____

結尾問候
_____

寄件者
_____

來確認一下有沒有寫好吧

1 請閱讀以下電子郵件，找找看是否有寫錯的地方。

받는 사람	sanghyeop@smail.com
제목	채식 메뉴 추가 제안

학생 식당 영양사님께~~^^

안녕하세요? 저는 화학공학과 카일리라고 합니다. (♦_♦)
학생 식당을 자주 이용하는데 제안할 것이 있어서 이메일을 보냅니다. (˚ᵕ˚)

학생 식당은 값도 싸고 맛있는데 채식 음식이 없으니까 저와 같이 채식을 하는 학생들은 학생 식당에 가도 먹을 수 있는 음식이 없는 경우가 많습니다.ㅠㅠㅠㅠ 그래서 채식을 하는 학생들도 먹을 수 있도록 채식 메뉴를 추가해 주세요. 채식 메뉴를 추가하면 채식을 하는 학생들도 많이 이용합니다. ㅎㅎㅎ

요즘 학교에 외국인이 점점 많아지니까 채식 메뉴를 추가하는 것이 좋은 생각입니다. 저의 의견을 들어주셔서 감사해요.*^*

항상 행복하세요.Ⓗⓐⓟⓟⓨ

호주 학생 카일리 씀'ᵕ'✽

等一下！

書寫電子郵件時，請勿使用表情符號。

近年來傳簡訊或是使用社交軟體時經常使用表情符號。但是電子郵件中最好別使用表情符號。尤其是寫電子郵件給長輩時，若使用表情符號有可能被當成沒禮貌的行動。此外，電子郵件正文使用多餘的色彩或多樣化字體、背景添加不必要的圖片或照片等也都不太好。

2 閱讀以下內容，確認錯誤的部分。

▷

| 받는 사람 | sanghyeop@smail.com | ⊕ |
| 제목 | 채식 메뉴 추가 제안 | |

학생 식당 영양사님께~~^^

> 書寫電子郵件時不使用表情符號。

안녕하세요? 저는 화학공학과 카일리라고 합니다. (♦_♦)

학생 식당을 자주 이용하는데 제안할 것이 있어서 이메일을 보냅니다. (˚˘˚)

학생 식당은 값도 싸고 맛있는데 채식 음식이 없으니까 저와 같이 채식을
하는 학생들은 학생 식당에 가도 먹을 수 있는 음식이 없는 경우가 많습니

다. ㅠㅠㅠㅠ 그래서 채식을 하는 학생들도 먹을 수 있도록 채식 메뉴를

추가해 주세요. 채식 메뉴를 추가하면 채식을 하는 학생들도 많이

> 電子郵件中的「-(으)세요」，為讓人有鄭重的感覺最好使用其他表現。

이용합니다. ㅎㅎㅎ

> 若使用「-다면 -(으)ㄹ 겁니다」會是更鄭加重提議的表現。

요즘 학교에 외국인이 점점 많아지니까 채식 메뉴를 추가하는 것이 좋은

생각입니다. 저의 의견을 들어주셔서 감사해요.*^^*

> 因為這不是可以斷定的內容，若使用推測表現會比較好。

항상 행복하세요.Ⓗⓐⓟⓟⓨ

> 問候時，使用「-기 바랍니다」會比「-(으)세요」好。

호주 학생 카일리 씀'˘'✱

> 姓名後面必須考量與對方之間的關係然後使用適當的話。「씀」通常用於極為親近的關係。

98

3 修正寫錯的部分然後正確重寫一遍。

받는 사람	sanghyeop@smail.com
제목	

이 대리, 다음 주에 우리 부서 회식에 참석할 거지?

과장님, 그런데요. 요즘 술자리가 너무 많은 것 같은데 이번 회식은 좀 다르게 하면 어때요? 예를 들면 공연 관람이나 볼링 같은 것도 요즘 회식 대신 많이 하던데요.

-(으)면 어때(요)?

用於向對方輕微建議時。

은수야. 우리 약속을 한 시간_____?
　　　　　　　　　　늦추다

금요일 저녁이라서 길이 많이 막힐 것 같아서.ㅠㅠ

같이 안 -(으)ㄹ래(요)?

用於想跟對方說我們一起做某事時。比說「-(으)ㄹ래?」給人更強烈的感覺。
은수야, 같이 영어 공부_____?
　　　　　　　　　　하다

회사에 취직하려면 영어도 잘해야 한대.

아이링! 좋은 모임이 있는데 같이 안 갈래? 한국 학생들과 중국 학생들이 모여서 한국어랑 중국어를 공부하는 언어교환 모임이야.

연락해 줘서 고마워. 시간 되는지 생각해 보고 알려줄게.

Unit 8

최선을 다해 열심히 일하겠습니다

我將盡全力工作。

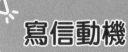

寫信動機

1 請看以下漫畫，想想信件怎麼寫比較好。

┌─ 中文翻譯 ─

有什麼好事嗎？看起來心情不錯喔。
是的，發生了好事情。上次申請的國際營隊工作錄取了。
真的嗎？太好了，恭喜！
謝謝，我要努力的做。我正要寫信告訴他們我會努力的。

1 請閱讀以下電子郵件。

▷
받는 사람   icamp@smail.com   ⊕
제목   감사드립니다. -너밍(몽골)

국제 캠프 관계자님께

안녕하세요.
저는 한국대학교에 재학 중인 몽골 학생 너밍입니다. 먼저 저를 국제 캠프의 몽골 담당자로 선발해 주신 데 대해 감사를 드립니다. 제가 아직 부족한 점이 많지만 할 수 있는 한 최선을 다해 열심히 일하겠습니다.

최근 몽골에 대한 관심이 많아져서 한국과 몽골 사이에 활발한 교류가 이루어지고 있습니다. 몽골에서의 캠프는 게르에서 숙박하기, 초원에서 말 타기, 밤하늘 별 관측하기 등 다양한 프로그램을 진행할 수 있습니다. 저는 이러한 구체적인 프로그램에 대한 정보를 가지고 있으므로 이 프로그램을 진행하는 것은 크게 어렵지 않으리라 봅니다.

이 프로그램에 참여할 수 있도록 허락해 주신 데 대해 다시 한번 감사를 드리며 한국과 몽골의 젊은이들이 서로 소통할 수 있는 좋은 기회가 될 것을 기대합니다.

감사합니다.

너밍 올림

2 閱讀上文並回答下列問題。

❶ 너밍 씨가 이메일을 쓴 이유는 무엇입니까?

❷ 너밍 씨가 진행할 수 있다고 생각하는 프로그램에는 어떤 것들이 있습니까?

❸ 이 프로그램에 대해 너밍 씨가 기대하고 있는 것은 무엇입니까?

3 請學習以下表現模組。

-는 한 -겠습니다

- 건강이 허락하**는 한** 이 일을 계속하**겠습니다**.
  在健康許可的情況下我會繼續從事這份工作。

- 내가 살아 있**는 한** 이 꿈을 포기하지 않**겠습니다**.
  在我有生之年我不會放棄這個夢想。

- 내가 이 일을 계속하**는 한** 최선을 다해 일하**겠습니다**.
  只要我繼續做這份工作,將會竭盡全力。

  練習

  시간이 허락할 때까지 연구를 계속할 거예요.

  →＿＿＿＿＿＿＿＿＿＿＿＿＿＿＿＿＿＿＿＿＿＿＿＿＿＿

  회사에 계속 다닐 때까지는 이 프로젝트를 그만 두지 않을 거예요.

  →＿＿＿＿＿＿＿＿＿＿＿＿＿＿＿＿＿＿＿＿＿＿＿＿＿＿

「-는 한」為「前內容的狀況不改變的話,則後內容的狀況持續」之意。「-겠습니다」表示話者的強烈意志。因此「-는 한 -겠습니다」意味著「會做到自己的條件改變之前」。

-(으)리라 봅니다

- 그 사실을 아는 사람은 많지 않으**리라 봅니다**.
  我覺得知道那事實的人不多。

- 열심히 노력하셨으니까 곧 좋은 결과가 나오**리라 봅니다**.
  您這麼努力了,我想馬上就會有好結果的。

- 그 제품이 지금은 품절입니다만, 곧 다시 판매되**리라 봅니다**.
  雖然那項產品現在售罄,但我想馬上就會再販售的。

  練習

  품질이 개선되면 판매량도 늘어날 거라고 봐요.

  →＿＿＿＿＿＿＿＿＿＿＿＿＿＿＿＿＿＿＿＿＿＿＿＿＿＿

  새 기숙사가 완공되면 학생들 주거 문제가 해결될 거라고 봐요.

  →＿＿＿＿＿＿＿＿＿＿＿＿＿＿＿＿＿＿＿＿＿＿＿＿＿＿

「-(으)리라 봅니다」用於表示自己推測的內容。因用於正式場合中,故常用於須得體談話場合或書寫電子郵件上。

4 請完成以下電子郵件。

❶ 請使用學過的表現完成下列句子。

情況

> 答應學長、學弟妹要求教他們中文的提議時

_____는 한 _____겠습니다.
　　　할 수 있다　　　　　　　　　　최선을 다하다

_____(으)리라 봅니다.
　　　　한 학기 공부하면 기초 과정은 마치다

❷ 請使用上面寫好的句子來完成電子郵件。

보내는 사람 : **진준 (컴퓨터 공학과 2학년)**

받는 사람 : **학과 사무실 조교님**

용건 : **중국어를 가르쳐 줄 수 있다고 승낙하는 메일을 보내려고 합니다.**

받는 사람　　office 27@smail.com

제목

稱謂 _____

問候與自我介紹 _____

寫信的理由 _____

具體內容 _____

_____

_____

結尾問候 _____

寄件者 _____

E-MAIL怎麼寫？

1 請閱讀以下電子郵件。

받는 사람	mn99@smail.com
제목	편의점 아르바이트 관련 (클라라)

아르바이트 채용 담당자님께

안녕하세요. 편의점 아르바이트 소개를 부탁했던 싱가포르 학생 클라라입니다. 저에게 좋은 아르바이트 기회를 주셔서 감사합니다만 이번에 소개해 주신 편의점 아르바이트는 제가 하기가 좀 어려울 것 같습니다.

우선 그 편의점은 제가 사는 곳에서 거리가 너무 멉니다. 지하철로 한 시간 정도 가야 해서 시간이 많이 걸릴 것 같습니다. 그리고 그 편의점에서는 주 5일 근무할 직원을 뽑는데 저는 학교에 다니고 있기 때문에 수업 시간을 조절한다고 해도 일주일에 3일 정도밖에 근무를 못 할 것 같습니다. 다른 곳보다 시급을 많이 주신다고 하셔서 저도 고민을 했는데 아무래도 어려울 것 같습니다.

저를 위해 좋은 자리를 소개시켜 주셨는데 저의 사정이 맞지 않아서 죄송합니다. 다음에 저의 조건에 맞는 좋은 자리가 있다면 다시 소개를 부탁드리겠습니다.

감사합니다.

클라라 올림

2 閱讀上文並回答下列問題。

① 누가 누구에게 쓴 이메일입니까?

② 이 사람이 메일을 쓴 이유는 무엇입니까?

③ 이 사람이 소개 받은 편의점에서는 어떤 조건의 직원을 뽑습니까?

④ 이 사람이 소개 받은 아르바이트를 못 하는 이유는 무엇입니까?

3 請學習以下表現模組。

-아/어 주셔서 감사합니다만

- 초대해 **주셔서 감사합니다만** 그 날은 다른 약속이 있습니다.

  很感謝您邀請我，但那天我有其他的約。

- 도와 **주셔서 감사합니다만** 이 일은 제가 해야 할 것 같습니다.

  感謝您幫我，但這件事情是我應該要做的。

- 좋은 회사를 소개해 **주셔서 감사합니다만** 제 적성과는 잘 안 맞는 것 같습니다.

  感謝您介紹優質公司給我，但似乎與我的個性不合。

  練習

  선물을 주셔서 감사하지만 좀 부담스러운데요.

  → _____

  좋은 제안을 해 주셔서 감사하지만 받아들이기 어려울 것 같은데요.

  → _____

> 用於對「-아/어 주셔서 감사합니다만」的前內容表示感謝，並於其後談到拒絕前內容的情況。輕鬆表達時寫「-아/어 주셔서 감사하지만」，但若使用「-아/어 주셔서 감사합니다만」會有更鄭重的感覺。

아무래도 -(으)ㄹ 것 같습니다

- 이번 회의에는 **아무래도** 참석하지 못**할 것 같습니다**.

  這次的會議，不管怎樣我似乎無法參加。

- 도와 드리고 싶지만 이번 건은 **아무래도** 힘들 **것 같습니다**.

  我很想幫您，但這次這個不管怎麼想似乎都有難度。

- 죄송하지만 **아무래도** 이번 프로젝트는 저희가 진행하지 못**할 것 같습니다**.

  不好意思，不管怎樣，這次的企劃我們似乎無法進行。

  練習

  많이 생각해 봤는데 제가 발표하는 것은 무리예요.

  → _____

  많이 생각해 봤는데 이번 대회에는 못 나갈 것 같아요.

  → _____

> 「아무래도 -(으)ㄹ 것 같습니다」用於非常恭謹地表示拒絕某事或沒辦法做的情形。「아무래도」是「아무리 생각해도」的意思，與「-(으)ㄹ 것 같습니다」一起使用。是拒絕時不截然拒絕，不讓對方心情不好的謙恭表現法。

4 請完成以下電子郵件。

❶ 請使用學過的表現完成下列句子。

情況

拒絕前輩一同前往在濟州島舉行之會議的提議時

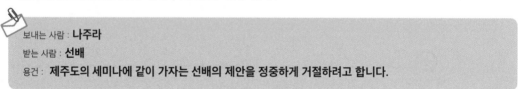

_____아/어 주셔서 감사합니다만
　　　　　　　같이 가자고 하다

아무래도_____(으)ㄹ 것 같습니다.
　　　　　　　　　　　같이 못 가다

❷ 請使用上面寫好的句子來完成電子郵件。

보내는 사람 : **나주라**
받는 사람 : **선배**
용건 : **제주도의 세미나에 같이 가자는 선배의 제안을 정중하게 거절하려고 합니다.**

받는 사람	susuflower@smail.com
제목	

　　　稱謂
_____

　問候與自我介紹
_____

　寫信的理由
_____

　具體內容
_____

_____

_____

　結尾問候
_____

　寄件者
_____

來確認一下有沒有寫好吧

1 請閱讀以下電子郵件，找找看是否有寫錯的地方。

받는 사람	susuflower@smail.com
제목	선배님~ 나주라예요.

선배님, 안녕하세요?

저는 나주라예요. 며칠 전에 선배님이 제주도에서 열리는 세미나에 같이 가자고 해 주셔서 고마운데 저는 가지 못해요. 정말 미안해요.

그 때 시험기간이니까 복습을 열심히 해야 해요. 그러니까 제주도에 가면 시간이 안 될 것 같아요. 선배님께서 저와 같이 가고 싶다고 말해 주셨으니까 아무튼 진심으로 감사해요. 세미나에 저도 못 가서 답답해요.

가급적이면 다음에 기회가 있으면 같이 가요.

나주라 드림

等一下！

書寫電子郵件時有可能產生誤會，請慎選表現再使用。

因為電子郵件是在不與對方見面的狀態下用文字傳達自己的想法，若不慎選錯表現有可能造成誤會。譬如，若寫「보고서를 또 내야 합니까？」會有負面的感覺，可能會讓收件者心情不好。若以「과제물을 다시 한번 내야 하는지요？」替代，因看起來顯得恭謹有禮，就可以提問而不會讓對方心情惡劣。寫「바빠서 갈 수 없습니다.」比「바쁘니가 못 갑니다.」更好，「그래서」比「그러니까」，「가능하면」比「가급적이면」更佳等等，應謹慎選用。

2 閱讀以下內容，確認錯誤的部分。

받는 사람   susuflower@smail.com

제목   선배님~ 나주라예요.

선배님, 안녕하세요?

저는 나주라예요. 며칠 전에 선배님이 제주도에서 열리는 세미나에 같이
가자고 해 주셔서 고마운데 저는 가지 못해요. 정말 미안해요.

> 拒絕時不要截然表述，使用更恭謹的表現為佳。

그 때 시험기간이니까 복습을 열심히 해야 해요. 그러니까 제주도에 가면

> 使用「아/어서」比「-(으)니까」更恭謹。

시간이 안 될 것 같아요. 선배님께서 저와 같이 가고 싶다고 말해 주셨으니

까 아무튼 진심으로 감사해요. 세미나에 저도 못 가서 답답해요.

> 「아무튼」為口語表現，在電子郵件中勿用為宜。

가급적이면 다음에 기회가 있으면 같이 가요.

> 比起「가급적이면」，若使用「가능하면」會是更鄭重的表現。

나주라 드림

110

3 修正寫錯的部分然後正確重寫一遍。

받는 사람	susuflower@smail.com	⊕
제목		

簡訊請這樣寫

수지야. 네가 저번에 너희 집에서 같이 살자고 했었잖아. 근데 내 생각엔 좀 힘들 거 같아. 우리 학교에서는 너희 집이 너무 멀어서. 미안해.ㅠㅠ

그래. 나도 그럴 거라고 생각했었어. 괜찮아.

내 생각엔 -(으)ㄹ 거 같아

用於告訴對方自己的想法時。

우리 만나기로 했잖아. _____ 토요일에

만나는 게 _____. 지영이가 평일에는
　　　　　　　좋다
시간이 안 된대.

-(으)ㄹ 듯

這是用於表達自己推測之內容的表現。傳簡訊時為求簡略而經常使用。

_____.
여행 갈 수 있다
우리 부장님이 휴가 가도 된대. ㅎㅎ

은주야. 혹시 나랑 발표 날짜 좀 바꾸면 안 될까? 다음 주에 사정이 있어서 이번 주에 미리 하고 싶어서.

가능할 듯. 지금 세미나 중. 나중에 연락하겠음.

Q ≡

진학 문제로 의논드립니다

欲就升學問題與您討論。

1 請看以下漫畫，想想信件怎麼寫比較好。

中文翻譯

我想在韓國讀口筆譯研究所，有希望嗎？
當然了，你別說日語了，韓語也很好。
但我還是擔心自己能不能做好。
那你跟尹老師商量看看吧。聽說尹老師念過口筆譯系。

E-MAIL怎麼寫？

1 請閱讀以下電子郵件。

받는 사람	hamn@smail.com	
제목	진학 문제로 의논드립니다. (도모야)	

윤 선생님, 안녕하세요?

저는 작년에 한국어교육센터에서 공부했던 도모야입니다. 너무 오랜만에 연락을 드려서 죄송합니다. 그동안 건강하게 잘 지내셨는지요? 저는 학원에서 일본어 강사로 일하면서 대학원 진학 준비를 하고 있는 중입니다. 진학 준비를 하다가 고민이 많아서 선생님의 조언을 듣고자 연락을 드립니다.

저는 나중에 고향에 돌아가서 일본어를 한국어로 번역하는 일을 하고 싶습니다. 고향에서 일문학을 전공했는데 한국에서 한국어를 배우다 보니까 번역하는 일이 제 적성에 잘 맞겠다는 생각을 했습니다. 번역을 공부하려면 통번역학과에 가야 하는 것으로 알고 있습니다. 그런데 제가 그 학과에서 공부를 잘할 수 있을지 자신이 없습니다. 선생님께서는 통번역학과를 졸업하셨다고 들었는데 어떻게 생각하시는지 궁금합니다.

선생님께서 바쁘시겠지만 의견을 주시면 진학을 결정하는 데 많은 도움이 될 것 같습니다.

그럼 남은 한 해 보람 있게 보내시고 즐거운 새해 맞이하시길 바랍니다.

제자 도모야 올림

2 閱讀上文並回答下列問題。

❶ 누구에게 쓴 이메일입니까? 두 사람은 어떤 관계입니까?

❷ 도모야는 지금 무엇에 대해 고민하고 있습니까?

❸ 도모야는 나중에 어떤 일을 하고 싶어 합니까?

3 請學習以下表現模組。

-(으)ㄴ/는 것으로 알고 있습니다

• 다음 주는 수업이 없는 **것으로 알고 있습니다**.
據我所知下週沒有課。

• 취직이 결정된 학생들이 많지 않은 **것으로 알고 있습니다**.
據我所知，決定要就業的學生不多。

• 그 과목은 수업이 영어로 진행되는 **것으로 알고 있습니다**.
據我所知那門課是英語授課。

【練習】

오늘 면접 결과를 발표해요.

→ _____

그 전시회는 지금도 하고 있어요.

→ _____

這是鄭重表達自己知道的情報時使用的表現。即使是自己知道的事情，比起斷然敘述，使用「-(으)ㄴ/는 것으로 알고 있습니다」則強烈之感會降低，因此給人謙恭的感覺。

-는지 궁금합니다

• 장학금을 신청하려면 무엇을 준비해야 하는**지 궁금합니다**.
我想知道若想申請獎學金要準備什麼。

• 이번 공모전의 합격자 판정의 기준을 누가 정하는**지 궁금합니다**.
我想知道這次徵文比賽合格者評定的標準是誰訂的。

• 설문조사 결과가 예상과 다른데 조사 대상을 어떻게 선정했는**지 궁금합니다**.
問卷調查結果跟預想的不一樣，我想知道調查對象是如何挑選的。

【練習】

이 제품이 언제 판매돼요? 알고 싶어요.

→ _____

계약서를 어떻게 작성했어요? 알고 싶어요.

→ _____

這是連同疑問詞一起恭謹表達想知道的事情時使用的表現。前面的疑問詞必須放入「어떻게、무엇을、왜、언제、누가、어디서」。

4 請完成以下電子郵件。

❶ 請使用學過的表現完成下列句子。

> 情況
>
> 想以交換學生前往日本大學而與系辦助教討論時。

대학 재학 중에_____(으)ㄴ/는 것으로 알고 있습니다.
　　　　　　　　교환학생으로 외국 대학에 갈 수 있다

일본 대학에 가려면 어떻게_____는지 궁금합니다.
　　　　　　　　　　　　　해야 하다

❷ 請使用上面寫好的句子來完成電子郵件。

 보내는 사람 : **로안(건축학과 1학년)**
받는 사람 : **건축학과 사무실 조교**
용건 : **교환학생으로 일본 대학교에 가고 싶습니다.**

받는 사람	office09@smail.com

제목

稱謂

問候與自我介紹

寫信的理由

具體內容

結尾問候

寄件者

E-MAIL怎麼寫？

1 請閱讀以下電子郵件。

받는 사람	hm@smail.com, suh@smail.com, omn@smail.com
제목	<인류와 미래 사회> 2조 발표 역할 분담 의논

2조 조원 여러분께

안녕하세요?
<인류와 미래 사회> 과목 2조 조장 손혜민입니다.
아시는 바와 같이 지난 시간에 우리 조의 주제가 '기후변화협약'으로 결정되었습니다. 그래서 발표 준비를 위해 조사할 내용을 분담하고자 메일을 드립니다. 조사해야 하는 내용은 다음과 같습니다.

1. 기후 변화의 심각성 - 실제 사례 중심
2. 여러 국제 환경협약 - 람사르 협약/몬트리올 협약/바젤 협약/사막 방지화 협약 등
3. 유엔기후변화협약(UNFCCC) - 교토 의정서/파리협정
4. 기후 변화 협약의 효율성과 한계

우리 조원이 4명이라서 우선 4개의 분야로 나누었습니다. 본인이 맡고 싶은 부분을 문자로 알려 주시면 제가 조정한 후에 알려드리도록 하겠습니다. 다음 수업 시간까지 각자 맡은 내용을 조사해 오시면 됩니다. 혹시 조사할 내용에 대해 이의 있으시면 메일로 의견 주시기 바랍니다.

감사합니다.

손혜민 드림

2 閱讀上文並回答下列問題。

❶ 혜민 씨가 이메일을 쓴 이유는 무엇입니까?

❷ 2조 학생들이 조사할 주제와 내용은 무엇입니까?

❸ 이 이메일을 읽은 사람은 무엇을 해야 합니까?

3 請學習以下表現模組。

-는 바와 같이

• 여러분이 아시**는 바와 같이** 새 기숙사가 완공되었습니다.
就如各位所知，新宿舍竣工了。

• 표에서 보시**는 바와 같이** 올해 실업율이 감소하고 있습니다.
就如表上所示，今年的失業率正在遞減。

• 조교님이 이미 말씀하**신 바와 같이** 이번 학기 답사는 경주로 가기로 했습니다.
就如助教已經說的，這學期實地考察決定去慶州。

練習

여러분이 아시는 것처럼 올해는 개교 60주년이 되는 해입니다.

→ _____

미리 알려드린 것처럼 중간시험 이후부터 토론식 수업을 진행하겠습니다.

→ _____

用於以謙恭態度引用從他人那邊聽來的話，或認為對方也已經
知道的事。用於須得體談話之正式場合或書寫電子郵件時。

에 대해 의견 주시기 바랍니다

• 쓰레기 처리 방법**에 대해 의견 주시기 바랍니다**.
希望您能針對垃圾處理方法給予意見。

• 비용을 줄이는 방안**에 대해** 적극적으로 **의견 주시기 바랍니다**.
希望您能針對縮減費用方案積極給予意見。

• 첨부해 드리는 가구 디자인**에 대해** 여러분의 **의견 주시기 바랍니다**.
希望各位可以針對附件家具設計給予意見。

練習

기숙사 규칙 개정에 대해 어떻게 생각하세요?

→ _____

이번 축제의 공연 주제에 대해 생각하는 것이 있으세요?

→ _____

用於想聽取對某主題的觀點時。常用於須注意禮節之正式場合
談話或書寫電子郵件時。

4 請完成以下電子郵件。

❶ 請使用學過的表現完成下列句子。

> **情況**
>
> 尋求系版網頁活用方案的意見時。

_____는 바와 같이_____
     알다   우리 학과 홈페이지 이용률이 매우 저조하다

_____에 대해 의견 주시기 바랍니다.
    홈페이지 활용 방법

❷ 請使用上面寫好的句子來完成電子郵件。

> 보내는 사람 : **디지털 미디어학과 과 대표**
> 받는 사람 : **디지털 미디어학과 학생들**
> 용건 : **과 학생들에게 홈페이지를 활성화 시키는 방법에 대해 물어보려고 합니다.**

받는 사람	hm@smail.com, suh@smail.com, omn@smail.com, juju@smail.com
제목	

稱謂 _____

問候與自我介紹 _____

寫信的理由 _____

具體內容 _____

_____

_____

結尾問候 _____

寄件者 _____

來確認一下有沒有寫好吧

1 請閱讀以下電子郵件，找找看是否有寫錯的地方。

받는 사람	hm@smail.com, suh@smail.com, omn@smail.com, juju@smail.com	⊕
제목	[디미과] 홈피 활성 방안	

디미과 친구들, 안녕?

저는 디미과 과대예요. 우리 과 학생들이 모두 훌륭하게 학교생활을 잘하고 있다고 생각해요. 근데 공부 때문에 시간이 좀 없지요? 그래서 과 홈피에 관심이 없는 것 같아요. 왜 관심이 없어요? 알고 싶어요. 우리 학생회는 과 홈피 활성화를 위해 여러분과 의논하고 싶어요.

여러분도 아시는 것처럼 과 홈피가 활성화되면 졸업한 선배들이나 휴학한 친구들도 미디과 소식을 알 수 있어서 좋을 거예요. 여러분이 관심 있는 것, 홈피에서 보고 싶은 것 등 좋은 방법이 있으면 알려 주세요. 이멜로 연락하거나 그냥 과대에게 의견 주면 돼요.

감사합니다.

디미과 과대 씀

等一下！ 寫電子郵件時，請勿過度使用縮寫。

近來日常生活中常使用縮寫。尤其是傳簡訊或社交軟體中為求方便，縮寫經常被使用，可是發電子郵件時不要使用縮寫會比較好。大量使用縮寫不僅看起來沒禮貌，收件者也有可能因為不曉得是什麼意思而造成彼此無法溝通。除了縮寫學生們常用的「버카 (버스 카드)」、「학식 (학생식당)」」等詞彙，使用如「근데 (그런데)」、「글고 (그리고)」一般用於口語中的表現也不太好。

2 閱讀以下內容，確認錯誤的部分。

受件人 / 받는 사람　hm@smail.com, suh@smail.com, omn@smail.com, juju@smail.com

제목　[디미과] 홈피 활성 방안

> 寫電子郵件時，最好不要使用縮寫。

디미과 친구들, 안녕?

> 不論是多親近的關係，只要是全體為對象所寫的正式電子郵件，還是寫尊待語為佳。

저는 디미과 과대예요. 우리 과 학생들이 모두 훌륭하게 학교생활을 잘하고 있다고 생각해요. 근데 공부 때문에 시간이 좀 없지요? 그래서 과 홈피

> 「근데」在電子郵件中不適宜。

> 在正式電子郵件中，最好不要過度使用口語用語。

에 관심이 없는 것 같아요. 왜 관심이 없어요? 알고 싶어요. 우리 학생회는 과 홈피 활성화를 위해 여러분과 의논하고 싶어요.

여러분도 아시는 것처럼 과 홈피가 활성화되면 졸업한 선배들이나 휴학

> 正式的電子郵件，可以的話請使用鄭重的表現。

한 친구들도 미디과 소식을 알 수 있어서 좋을 거예요. 여러분이 관심 있는 것, 홈피에서 보고 싶은 것 등 좋은 방법이 있으면 알려 주세요. 이멜로 연

락하거나 그냥 과대에게 의견 주면 돼요.

> 電子郵件中不要過度使用口語表達比較好。

감사합니다.

디미과 과대 씀

122

3 修正寫錯的部分然後正確重寫一遍。

받는 사람	hm@smail.com, suh@smail.com, omn@smail.com, juju@smail.com	⊕
제목		

저는 <한국 사회의 이해> 2조 조원 샤히라예요. 1번 기후 변화의 실태에 대해 제가 조사할게요. 제가 외국인이라서 가끔 실수하는 게 있을지도 몰라요. 실수하면 알려 주세요. 잘 부탁드립니다.^^

그럼 1번 조사해 주세요. 저도 잘 모르니까 같이 열심히 해요.^^

-(으)ㄹ지도 몰라(요)

用於表示雖然不確定是不是知道，但有那種可能。

내일 좀 _____.
　　　　　　　　늦다

가능한 한 빨리 갈 테니까 조금만 기다려 주세요.

-(으)ㅁ

用於記錄某件事情或以書面告知。近年來因為簡訊想簡略表達的目的而經常使用。

약속 장소가 한국 식당으로 _____.
　　　　　　　　바뀌다

5월 3일에 우리 만나기로 했는데 몇 시에 가능한지 시간을 좀 알려 줘.

1시 이후 가능함.

Unit 10

🔍 ☰

✉️═

기대에 비해 성적이 잘 나오지 않은 것 같습니다

成績不如預期。

1 請看以下漫畫，想想信件怎麼寫比較好。

中文翻譯

諾茗，這次成績好嗎？

〈第 3 世界的挑戰〉這科的分數不如我預期，有點傷心。我覺得我作業做得很好啊⋯

那妳問問教授能不能再確認一次成績吧。

那麼我寫信問問看。可是應該怎麼寫呢？

E-MAIL怎麼寫？

1 請閱讀以下電子郵件。

받는 사람	leedj@smail.com
제목	성적 확인 부탁드립니다.(자유전공학부 18학번 너밍)

이동주 교수님께

교수님, 안녕하십니까? 저는 지난 학기 교수님의 <제3세계의 도전>을 수강한 소비자가족학과 18학번 너밍입니다.

먼저 한 학기 동안 교수님의 강의를 들으면서 그동안 미처 생각하지 못했던 것들을 고민할 수 있게 해 주신 점에 대해 감사드립니다. 무엇보다도 제3세계에 대한 편견을 깨고 세계관을 넓힐 수 있었던 점이 큰 도움이 되었습니다.

그런데 제 성적에 조금 아쉬움이 남아 이렇게 메일을 드립니다. 이 과목에 관심을 가지고 열심히 과제를 했는데 기대한 것에 비해 성적이 잘 나오지 않은 것 같습니다. 시험이 없었기 때문에 점수로 나오는 구체적인 지표가 없는 것은 잘 알고 있습니다만 혹시 제 수업 태도나 출결, 또는 조별 활동에 어떤 결함이 있었는지 여쭙고 싶습니다. 방학 중에 연락을 드려 매우 죄송한데 다시 한번 확인을 해 주시면 감사하겠습니다.

그럼 더운 날씨에 건강 조심하시기를 바랍니다.
안녕히 계십시오.

너밍 올림

2 閱讀上文並回答下列問題。

❶ 누가 누구에게 쓴 이메일입니까?

❷ 이 사람은 강의를 듣고 어떤 생각을 했습니까?

❸ 이 사람이 이메일을 쓴 이유는 무엇입니까?

3 請學習以下表現模組。

에 비해 -지 않은 것 같습니다

• 작년**에 비해** 실력이 많이 늘**지 않은 것 같습니다**.
與去年相比，實力似乎沒有增長。

• 기존 상품**에 비해** 기능이 다양하**지 않은 것 같습니다**.
與現有商品相比，功能似乎沒有比較多樣化。

• 열심히 준비한 데**에 비해** 결과가 따라와 **주지 않은 것 같습니다**.
與努力準備相比，結果似乎沒有跟上。

練習

기대한 것만큼 점수가 안 오른 것 같아요.

→ _____

연습한 것만큼 기록이 안 나온 것 같아요.

→ _____

「에 비해 -지 않은 것 같습니다」用於與預期的基準相比，其結果未達標。表達不滿時，「에 비해」後大多接否定內容，若與「-(으)ㄴ/는 것 같습니다」一起使用，可以委婉表達自己的想法。

-ㅂ/습니다만

• 과제를 완성했**습니다만** 부족한 점이 있다면 수정하도록 하겠습니다.
雖然作業完成了，但若有不足之處我會修訂的。

• 발표회의 결과는 만족스럽**습니다만** 준비 과정에 미흡한 점이 있었습니다.
雖然我對發表會的結果感到滿意，但準備過程有不足之處。

• 연구는 끝냈**습니다만** 연구 결과를 발표하는 것은 아직 이르다고 생각합니다.
雖然研究結束了，但發表研究結果我覺得時機尚早。

練習

컴퓨터 수리를 받았는데 잘 안 돼요.

→ _____

강의를 촬영하면 안 되는 것을 아는데 혹시 녹음은 가능한가요?

→ _____

「-ㅂ/습니다만」用於承認前面的內容，同時謹慎表達後面的事情。

4 請完成以下電子郵件。

❶ 請使用學過的表現完成下列句子。

> 情況
>
> 收到網路訂購的商品，但顏色不同時。

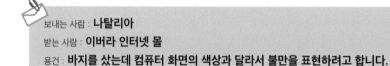

_____에 비해_____지 않은 것 같습니다.
　　생각했던 것　　　　　　　　　　색깔이　밝다

_____ㅂ/습니다만　화면의 색상과 많이 다른 것 같습니다.
　　상품은 동일하다

❷ 請使用上面寫好的句子來完成電子郵件。

> 보내는 사람 : **나탈리아**
>
> 받는 사람 : **이버라 인터넷 몰**
>
> 용건 : **바지를 샀는데 컴퓨터 화면의 색상과 달라서 불만을 표현하려고 합니다.**

받는 사람　　7luky@7luky.com　　⊕

제목

　　稱謂
　　_____

問候與自我介紹
　　_____

　寫信的理由
　　_____

　具體內容
　　_____

　　_____

　　_____

　結尾問候
　　_____

　寄件者
　　_____

E-MAIL怎麼寫？

1 請閱讀以下電子郵件。

받는 사람	kjhong@smail.com
제목	[불편 신고] 공용 전자레인지 고장

기숙사 조교님께

안녕하세요? 저는 813호의 싱가포르 학생 클라라입니다.
조교님이 항상 보살펴 주시는 덕분에 집처럼 편안하게 잘 지내고 있습니다.
진심으로 감사드립니다.

그런데 지난 주말부터 7층 휴게실의 전자레인지가 잘 작동되지 않습니다. 작동이 되기는 하는데 음식이 전혀 데워지지 않습니다. 왜 그러는지 이유를 잘 모르겠습니다.

요즘 날씨가 쌀쌀해서 전자레인지를 사용해야 하는 경우가 많아졌는데 사용할 수 없으니 좀 불편합니다. 특히 시험이 가까워져 늦게까지 공부하다가 출출해지면 따뜻한 간식을 먹고 싶은데 전자레인지가 안 되어 매우 아쉽습니다. 되도록 빨리 고쳐 주시면 좋겠습니다.

추워진 날씨에 감기 조심하시기 바랍니다. 안녕히 계세요.

클라라 올림

---

2 閱讀上文並回答下列問題。

① 누가 누구에게 쓴 이메일입니까?

② 이 사람이 메일을 쓴 이유는 무엇입니까?

③ 전자레인지를 빨리 고쳐 달라고 하는 이유는 무엇입니까?

3 請學習以下表現模組。

-기는 하는데

- 교내 복사기를 이용하**기는 하는데** 불편한 점이 많습니다.
  使用校內影印機,但不便之處很多。

- 이번에는 처음이라 검토해 주**기는 하는데** 앞으로는 스스로 보고서를 작성하도록 하세요.
  這次是第一次所以幫你做檢查,以後請自己完成報告。

- 제품을 개봉했으니 사용하**기는 하는데** 다음부터 물건이 찌그러지지 않도록 주의해 주시면 좋겠습니다.
  產品已開封使用,下次務請注意物品不要壓縐了。

練習

이번에는 허락하지만 될 수 있으면 사진을 찍지 않았으면 좋겠어요.

→ _____

음식이 이미 나왔으니 먹지만 다음에는 덜 맵게 해 주세요.

→ _____

自己的行動雖然不是自己所想要的,但因為沒有其他辦法不得已的情況時,使用「-기는 하는데」。「-기는 하는데」後面接不滿的事項或是對對方的期待。

-아/어 주시면 좋겠습니다

- 마감일이 지났으니 작업을 서둘러 **주시면 좋겠습니다**.
  截止日已經過了,希望可以盡快作業。

- 그동안 밀린 회비를 이번에 다 내 **주시면 좋겠습니다**.
  這段時間遲繳的會費,希望這次可以全部繳清。

- 시간이 제한되어 있으므로 조금 짧게 말씀해 **주시면 좋겠습니다**.
  因時間有限,希望可以長話短說。

練習

내일까지 꼭 대답해 주세요.

→ _____

맡은 부분을 정리해서 오늘 중으로 꼭 보내 주세요.

→ _____

「-아/어 주시면 좋겠습니다」是不直接指示指示事項,而以期盼表示,這是考量對方的表現。下指示時的「-아/어 주세요」僅限用於話者與聽者間是處於明確授受指令關係的情況。

4 請完成以下電子郵件。

❶ 請使用學過的表現完成下列句子。

> 情況
>
> 埋怨學生餐廳的餐點太鹹。

_____기는 하는데 조금밖에 못 먹고 있습니다.
음식을 먹다

_____아/어 주시면 좋겠습니다.
앞으로는 반찬과 국의 간을 조금 싱겁게 만들다

❷ 請使用上面寫好的句子來完成電子郵件。

보내는 사람 : **추다 (생명공학과 2학년)**
받는 사람 : **학생 식당 영양사님**
용건 : **학생 식당의 음식이 너무 짠 것에 대해 불만을 표현하려고 합니다.**

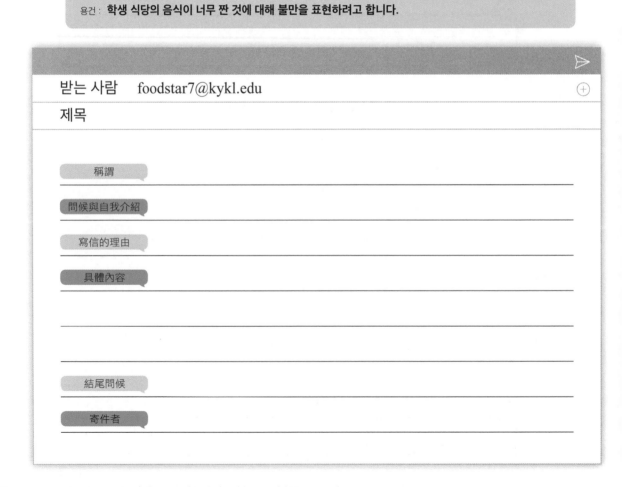

받는 사람	foodstar7@kykl.edu
제목	

稱謂 _____

問候與自我介紹 _____

寫信的理由 _____

具體內容 _____

_____

_____

結尾問候 _____

寄件者 _____

來確認一下有沒有寫好吧

1 請閱讀以下電子郵件，找找看是否有寫錯的地方。

받는 사람	foodstar7@kykl.edu
제목	학생 식당 음식

학생 식당 영양사님께

안녕하세요? 저는 생명공학과 2학년 추다라고 합니다.
영양사님 덕분에 우리 학생들이 맛있고 영양 있는 음식을 먹을 수 있어서 감사합니다.

그런데 최근 학생 식당의 음식이 너무 짠 것에 대해 불만을 표현하려고 합니다. 저 뿐만 아니라 주변 많은 학생들이 불만합니다. 식당에서 밥을 먹기는 하는데 너무 짜서 물을 너무 많이 마시게 됩니다. 음식이 짜면 학생들의 건강에 안 좋으니 조금 바꿔 주시면 안 될까 싶어서 물어봅니다.

학생의 건강을 생각하셔서 학생에게 배려를 해 주시기 바랍니다.

추다 올림

等一下！

請勿於情緒激動的狀態下寫電子郵件。

若在情緒激動的狀態下寫電子郵件，容易冒犯對方。興奮時或是喝酒後，又或者大半夜寫電子郵件的話，最好不要立刻寄出。由於信件寄出去給對方後就無法挽回，寄發前最好能充分思考、閱讀後再寄出。

2 閱讀以下內容，確認錯誤的部分。

받는 사람   foodstar7@kykl.edu

제목   학생 식당 음식

> 最好能經由主旨得知信件內容為何。

학생 식당 영양사님께

안녕하세요? 저는 생명공학과 2학년 추다라고 합니다.

영양사님 덕분에 우리 학생들이 맛있고 영양 있는 음식을 먹을 수 있어서 감사합니다.

그런데 최근 학생 식당의 음식이 너무 짠 것에 대해 불만을 표현하려고 합

> 不要直接寫「불만을 표현하다」，而是只針對問題點或不滿的狀況書寫。

니다. 저 뿐만 아니라 주변 많은 학생들이 불만합니다. 식당에서 밥을 먹기

> 「불만하다」是錯誤的表現。最好把聽到的話也說清楚。

는 하는데 너무 짜서 물을 너무 많이 마시게 됩니다. 음식이 짜면 학생들의

건강에 안 좋으니 조금 바꿔 주시면 안 될까 싶어서 물어봅니다.

> 這不是詢問的電子郵件。請使用向對方要求的表現。

학생의 건강을 생각하셔서 학생에게 배려를 해 주시기 바랍니다.

> 使用「-어/아 주시면 좋겠습니다」為佳。

> 在信件末端也要加個簡短問候。

추다 올림

134

3 修正寫錯的部分然後正確重寫一遍。

받는 사람   foodstar7@kykl.edu

제목

안녕하세요. 301호 학생입니다. 보일러를 고쳐 준다고 하셨는데 아직 아무 연락이 없으셔서요. 요즘 갑자기 추워져서 방이 너무 추워요. 빨리 고쳐 주시면 안 될까요?

내가 수리센터에 연락했는데 아직 안 갔어요? 확인해 보고 연락 줄게요.

-다고 하셨는데

這是向對方確認聽到的事情再談論該事時使用的表現。

그 문제에 대해 자세히 알아보고 답을 _____주겠다

_____어떻게 되었나요?

-(으)ㄴ/는데도

與「-(으)ㄴ/는데도」前面的狀況相關聯，後面沒出現認為理所當然會發生的事情或期待的狀況時使用。

알려 주신 대로 컴퓨터를 껐다가 _____켰다

작동이 안 되네요.

승환! 너 왜 그렇게 전화를 안 받아? 내가 어제 10번을 했는데도 안 받더라.

미안, 미안- 식당 안이 너무 시끄러워서 전화소리가 안 들렸어.

원고를 아직 받지 못해서 연락드립니다

尚未能收到尊稿故與您聯繫。

寫信動機

1 請看以下漫畫，想想信件怎麼寫比較好。

> 中文翻譯
>
> 學術會議準備得還順利嗎？
> 我還沒收齊稿子，有點麻煩。
> 是嗎？那妳應該再聯繫請他們快點寄呀。
> 看樣子還得如此。我該寫封信請他們快把稿子寄來。

E-MAIL怎麼寫？

1 請閱讀以下電子郵件。

받는 사람   simjy@smail.com   ⊕

제목   제15차 학술대회 원고를 부탁드립니다.

심연정 선생님께

안녕하세요? 선생님.
제15차 학술 발표회를 담당하고 있는 허지은입니다.

봄기운이 완연한 가운데 학술발표회 날이 성큼 앞으로 다가왔습니다. 저희 준비 위원들은 학술 발표회를 성공적으로 개최하고자 열심히 준비하고 있습니다.

다름이 아니라 10일까지 원고를 보내 주기로 하셨는데 아직 보내 주지 않으셔서 연락드립니다. 번거로우시겠지만 확인 부탁드리겠습니다.

늦어도 15일까지 원고를 모아야 발표회를 개최하는 데 무리가 없을 것 같습니다. 일정이 다소 촉박한 관계로 원고를 조금 서둘러 보내 주시면 감사하겠습니다.

이번 학술 발표회 발표를 맡아 주신 선생님께 다시 한번 감사드리며, 선생님의 원고를 기다리고 있겠습니다.

허지은 올림

2 閱讀上文並回答下列問題。

① 누가 누구에게 쓴 이메일입니까?

② 허지은 씨가 지금 맡고 있는 일은 무엇입니까?

③ 허지은 씨가 이메일을 쓴 이유는 무엇입니까?

3 請學習以下表現模組。

・・

-기로 하셨는데   -지 않으셔서

- 같이 가**기로 하셨는데** 약속 장소에 오**지 않으셔서** 연락을 드립니다.
  決定好一起去，但您沒來約定場所，因此與您聯繫。

- 식사를 같이 하**기로 하셨는데** 식사 자리에 나오**지 않으셔서** 걱정이 됩니다.
  說好一起吃飯，但您沒出現在用餐場合，我有點擔心。

- 오늘까지 연락을 주**기로 하셨는데** 아직까지 연락이 **없으셔서** 메일을 드립니다.
  您說今天之前會與我聯繫，但因為您還沒有連絡我，所以發個信給您。

練習

회의에 참석한다고 하셨는데 안 오셔서 연락 드려요.

→ _____

메일을 보고 검토한다고 하셨는데 아직 메일을 안 열어 보셔서 연락 드려요.

→ _____

用於對方沒有遵守約定之事的情況，再次確認約定的內容。使用「-지 않다」表示否定之意，比使用「안-」時給人更有謙恭之感。

-아/어도

- 바**빠도** 내일까지는 답변 드리겠습니다.
  再忙也會在明天之前給您答覆。

- 일정이 다소 빠듯**해도** 이번 주 내로 조사를 마칠 수 있으리라 생각합니다.
  即使行程有些緊迫，但我想這週內可以完成調查。

- 가격이 맞지 않**아도** 연구에 꼭 필요한 것이니 구입해 주시기를 부탁드립니다.
  雖然價格不符，但因為是研究上必要的物品，還是希望可以買進。

練習

제출일이 지나더라도 과제를 내는 것이 좋아요.

→ _____

작업이 힘들더라도 끝까지 꼼꼼히 해 주시면 좋겠어요.

→ _____

這是對「-아/어도」前面內容表示假設或承認，但對後面的內容無影響之表現。也加上「아무리」而為「아무리 -아/어도」。大部分的情況可以與「-더라도」交換使用。

4 請完成以下電子郵件。

❶ 請使用學過的表現完成下列句子。

情況

再次要求繳交同好會的營運會費時。

_____기로 하셨는데_____지 않으셔서 어려움이 있습니다.
동아리 회비를 내 주다　　　　　　　　　　아직 내다

_____아/어도　계속 받을 예정이니 반드시 내 주시기를 부탁드립니다.
기말고사가 끝나다

❷ 請使用上面寫好的句子來完成電子郵件。

보내는 사람 : **용천우(연극부 회장)**

받는 사람 : **동아리 회원들**

용건 : **올해 동아리 회비를 내지 않은 회원들에게 내 주기를 다시 요청하려고 합니다.**

받는 사람	hjchoi58@kykl.edu, abekmoi@smail.com, bkpsqo@smail.com, cube38@gg.com, herocrean@smail.com, vixozo@gg.com, kwgsh@smail.com, victor@gg,com, sureijoa@gg.com	⊕
제목		

　　　稱謂
_____

問候與自我介紹
_____

　　寫信的理由
_____

　　具體內容
_____

_____

_____

　　結尾問候
_____

　　寄件者
_____

E-MAIL怎麼寫？

1 請閱讀以下電子郵件。

받는 사람	agkes@smail.com
제목	다시 부탁드립니다.(량원)

선배님께

선배님, 안녕하세요?
학기가 시작된 게 엊그제 같은데 벌써 시험이 다가오고 있네요.

선배님께서 과제에 대해 주신 의견을 잘 읽어 보았습니다. 제가 놓친 부분,
그리고 미처 생각하지 못했던 것까지 자세히 알려 주셔서 큰 도움이 되었습
니다. 선배님께서 주신 의견을 최대한 반영하고 제 생각을 덧붙여 과제를 수
정했습니다. 말씀해 주신 대로 고치기는 했는데 제대로 잘했는지 자신이 없
습니다. 이번 과제는 중간시험 대체 과제라서 매우 중요하기 때문에 좀 걱정
이 됩니다.

선배님께서 매우 바쁘시겠지만 수정한 과제를 한 번만 더 봐 주셨으면 해서
이렇게 연락드립니다. 폐가 되는 줄 알면서도 부탁 드려서 죄송합니다. 다음
에 제가 선배님을 도울 일이 있으면 꼭 도와드리도록 하겠습니다. 과제 제출
까지 2주 정도 여유가 있으니 시간 되실 때 봐 주시면 감사하겠습니다.

그럼 변덕스러운 날씨에 감기 조심하세요.

량원 올림

2 閱讀上文並回答下列問題。

① 누가 누구에게 쓴 이메일입니까?

② 이 사람이 메일을 쓴 이유는 무엇입니까?

③ 후배는 선배에게 어떤 마음을 가지고 있습니까?

④ 선배는 후배에게 어떻게 도움을 주었습니까?

3 請學習以下表現模組。

··

-기는 했는데

- 계획서를 확인하**기는 했는데** 혹시 빠진 것이 있을지 모르겠습니다.

  企劃書是已經確認了，可是我不確定是否有遺漏。

- 알려주신 대로 불고기를 만들**기는 했는데** 잘 만든 것 같지는 않습니다.

  我按照您說的做了烤肉，但似乎做得不好。

- 말씀하신 대로 일정을 바꾸**기는 했는데** 모두 참석하실 수 있을지 모르겠습니다.

  依照您說的改了行程，但我不確定大家是否全部都能出席。

  練習

  전시회를 준비했지만 부족한 것이 있을까 봐 걱정이에요.

  →＿＿＿＿＿＿＿＿＿＿＿＿＿＿＿＿＿＿＿＿＿＿＿＿＿＿＿＿＿＿

  발표 원고를 완성했지만 수업 전에 검토를 해야 할 것 같아요.

  →＿＿＿＿＿＿＿＿＿＿＿＿＿＿＿＿＿＿＿＿＿＿＿＿＿＿＿＿＿＿

「-기는 했는데」用於表示雖然做了前面的事情，但那件事是否有做好，沒有信心的謙遜態度。

-(으)시겠지만

- 학기 중이라 힘드**시겠지만** 이번 대회의 심사를 맡아 주시기를 부탁드립니다.

  雖然是學期中會比較辛苦，但還是希望您可以擔任這次比賽的評審。

- 2인실이라 숙소가 다소 불편하**시겠지만** 부디 양해해 주시기를 부탁드립니다.

  因為是兩人房，宿舍多少有些不便，但還是希望您可以見諒。

- 불황에 사정이 여유롭지 않으**시겠지만** 이달 말까지는 지급해 주시기 바랍니다.

  雖然知道因不景氣的關係資金緊張，但還是希望您能在這個月月底前付款。

  練習

  선생님이 바쁘신 건 알지만 한번 읽어 봐 주세요.

  →＿＿＿＿＿＿＿＿＿＿＿＿＿＿＿＿＿＿＿＿＿＿＿＿＿＿＿＿＿＿

  선배가 요즘 정신이 없는 건 알지만 주말까지는 신청하셔야 돼요.

  →＿＿＿＿＿＿＿＿＿＿＿＿＿＿＿＿＿＿＿＿＿＿＿＿＿＿＿＿＿＿

使用「-(으)시겠지만」表示對對方的負擔或情況表理解之心，主要用於請託時請託內容之前。

4 請完成以下電子郵件。

1 請使用學過的表現完成下列句子。

> 要求再次公布授課資料時。

> _____기는 했는데 기간이 지나 자료를 내려받을 수 없습니다.
> 교수님이 자료를 올려주시다
>
> _____(으)시겠지만 다시 자료를 올려 주시기를 부탁드립니다.
> 　　　　바쁘다

2 請使用上面寫好的句子來完成電子郵件。

보내는 사람 : **엽사우(사회복지학과 2학년)**
받는 사람 : **심석태 교수님**
용건 : **수업 자료를 다시 올려 달라고 부탁드리려고 합니다.**

받는 사람　meshinkm@smail.com

제목

_____
　　　稱謂
_____
　問候與自我介紹
_____
　　寫信的理由
_____
　　具體內容
_____

_____

_____
　　結尾問候
_____
　　寄件者
_____

來確認一下有沒有寫好吧

1 請閱讀以下電子郵件，找找看是否有寫錯的地方。

받는 사람	meshinkm@smail.com	
제목	수업 자료를 다시 게시해 주실 수 있으신지요?	

심석태 교수님께

안녕하십니까? 저는 <인류와 사회>를 듣고 있는 사회복지학과 2학년 엽사우라고 합니다.

교수님의 강의를 열심히 듣고 있습니다. 그런데 부탁할 것이 있기 때문에 이렇게 메일을 드렸습니다. 혹시 3주 전에 올려 주신 수업 자료를 다시 게시해 주셔도 됩니까? 제가 그때 다운 받지 못했어서 지금 받으려고 하는데 없습니다. 교수님께서 시간이 계시면 자료를 다시 게시해 주세요. 부탁드리겠습니다.

그럼 즐거운 하루 되시기를 바랍니다. 안녕히 계십시오.

엽사우 올림

 等一下！ **書寫回信時請這樣寫。**

針對收到的信件回信時，通常要寫「보내 주신 메일 잘 받았습니다」這句問候語比較好。回信不用另外輸入主旨，也可直接回覆呈現「Re: -」。
不過也有無法立刻回信的情形，此時先發個簡短回信比較好，信中告知已收到來信，大約何時可以具體回覆。

2 閱讀以下內容，確認錯誤的部分。

받는 사람　meshinkm@smail.com

제목　　　수업 자료를 다시 게시해 주실 수 있으신지요?

심석태 교수님께

안녕하십니까? 저는 <인류와 사회>를 듣고 있는 사회복지학과 2학년 엽사우라고 합니다.

교수님의 강의를 열심히 듣고 있습니다. 그런데 부탁할 것이 있기 때문에

이렇게 메일을 드렸습니다. 혹시 3주 전에 올려 주신 수업 자료를 다시 게

시해 주셔도 됩니까?

> 比起「-아/어도 되다」，使用「-아/어 주실 수 있으신지요」謙恭有禮的詢問為佳。

제가 그때 다운 받지 못했어서 지금 받으려고 하는데 없습니다. 교수님께

> 「-아/어서」不使用過去形。　寫無法下載資料的具體理由，說明請託的事由為佳。

서 시간이 계시면 자료를 다시 게시해 주세요. 부탁드리겠습니다.

> 使用推測教授狀況的表現「-겠지만」會比較好。

> 由於「-(으)세요」不是謙恭語法，請使用請託的謙恭用語。

그럼 즐거운 하루 되시기를 바랍니다. 안녕히 계십시오.

엽사우 올림

3 修正寫錯的部分然後正確重寫一遍。

받는 사람	meshinkm@smail.com
제목	

현선아, 미안한데 사진 좀 다시 보내 줄래? 핸드폰이 고장나는 바람에 저장해 둔 사진이 다 없어져버렸어. ㅠㅠ

그래. 이따가 보내 줄게.

-(으)ㄹ래(요)?

這是用於非正式場合中詢問對方意向的表現。用於當對方的年紀小、同齡或社會地位較低的情況。

시험 범위가 어디인지 다시 _____?
　　　　　　　　　　　　　알려 주다

잊어 버렸네. ㅠㅠ

-아/어 주셔야겠어요

這是委婉表達強烈要求事項時使用的表現。

공사 때문에 차를 다른 곳으로 _____.
　　　　　　　　　　　이동해 주다

안녕하세요? 그저께 세탁기를 고쳐 주셨던 대한동 185번지예요. 그런데 세탁기를 돌리니 작동이 되다가 또 멈추네요. 오늘 중으로 다시 방문해 주셔야겠어요.

네, 불편을 드려 죄송합니다. 5시까지 방문하도록 하겠습니다.

Unit 12

Q ☰

세미나와
관련하여
알려드립니다

敬告學術會議相關事項。

寫信動機

1 請看以下漫畫，想想信件怎麼寫比較好。

━ 中文翻譯 ━

如今開學有一段時間了，沒在忙什麼吧？
不，研討會的準備要做的事情多著呢。
啊，研討會嗎？什麼時候舉行？
你不知道嗎？看來要再發集體郵件通知才行了。

E-MAIL怎麼寫?

1 請閱讀以下電子郵件。

받는 사람	hamd@smail.com, goblin@smail.com, gowind@smail.com, phenix@dmail.net, orion9@dmail.net, mzspa@dmail.net, ginmonko@dmail.net, kdsang@gg.com, bbyu7@gg.com, damu5@gg.com, cube38@gg.com, rurujoa@gg.com, shinhyo73@gg.com, victor@gg,com
제목	제35회 학술 세미나 개최를 알립니다.

안녕하십니까?

심리학과 조교 박재형입니다.
학기가 시작한 지 얼마 되지 않았는데 벌써 더운 여름으로 향하고 있는 것 같습니다.

우리 학과의 학술 세미나가 벌써 35회를 맞게 되었습니다. 이에 세미나와 관련하여
아래와 같이 알려 드립니다.

제 35회 심리학과 학술 세미나
1. 일시 : 20**년 5월 12일 오후 5시
2. 장소 : 국제관 215호
3. 주제 : 데이터 기반 사회에서 인간의 역할

세미나 후에 저녁 식사 자리를 마련할 예정이니 참석 가능 여부를 알려 주시기 바랍
니다.
자세한 일정은 첨부 파일을 참고하시고 혹시 문의 사항이 있으면 과 사무실로 연락
주시기 바랍니다.

그럼 항상 건강 조심하시기 바라며 세미나에서 뵙겠습니다.

심리학과 조교 박재형 올림

2 閱讀上文並回答下列問題。

❶ 박재형 씨가 메일을 쓴 이유는 무엇입니까?

❷ 학술 세미나의 주제는 무엇입니까?

❸ 세미나에 대한 자세한 일정을 알려면 어떻게 해야 합니까?

3 請學習以下表現模組。

와/과 관련하여 ~ 알려 드립니다

• 학교 축제와 **관련하여** 다음 사항을 **알려 드립니다.**
關於學校慶典，報告以下事項。

• 전시회 참가와 **관련하여** 아래와 같이 **알려 드립니다.**
有關展覽會之參加，通知如下。

• 이번 행사 진행과 **관련하여** 유의 사항을 **알려 드립니다.**
關於這次活動之進行，報告注意事項。

練習

진로 상담에 관해 알려 드리겠습니다.

→ _____

다음 회의에 관해 일정을 알려 드리겠습니다.

→ _____

這是在正式場合中週知大多數的人時使用的表現。具體介紹的內容在它接下來的句子說明。

혹시 -(으)면

• **혹시** 통화 가능하**면** 제가 전화를 드려도 될까요?
若可以通電話，我打給您好嗎？

• **혹시** 시간이 안 되시**면** 직접 나오지 않으셔도 됩니다.
若時間不允許，您沒有親自前來也無妨。

• **혹시** 시간이 괜찮으시**면** 잠시 만나서 논의를 할 수 있으신지요?
若時間可以的話，能不能暫時見個面討論一下呢？

練習

만일 질문이 있으면 발표 후에 말씀해 주세요.

→ _____

만일 시간이 되시면 검토해 주실 수 있을까요?

→ _____

這是假設情況並陳述時使用的表現。主要是在詢問或邀請、允許的情況，於前部分加上「혹시 -(으)면」以尊重對方立場，是為謙恭表現。

4 請完成以下電子郵件。

❶ 請使用學過的表現完成下列句子。

情況
公告假期中研討會參加申請時。

_____와/과 관련하여 다음과 같이 알려 드립니다.
　　방학 중의 워크숍 신청

혹시_____(으)면 제게 연락해 주시기 바랍니다.
　　　　　　질문할 것이 있다

❷ 請使用上面寫好的句子來完成電子郵件。

보내는 사람 : **후보린(국제학과 3학년)**
받는 사람 : **학과 학우 여러분**
용건 : **방학 중 워크숍 신청에 대해 소개하려고 합니다.**

받는 사람	ginmonko@dmail.net, kdsang@gg.com, bbyu7@gg.com, damu5@gg.com, cube38@gg.com, rurujoa@gg.com, cheowj@smail.com, shinhyo73@gg.com, victor@gg,com	⊕

제목
_____

稱謂
_____

問候與自我介紹
_____

要介紹的內容
_____

_____

_____

結尾問候
_____

_____

寄件者
_____

E-MAIL怎麼寫？

1 請閱讀以下電子郵件。

받는 사람	mn99@smail.com, hamd@smail.com, goblin@smail.com, gowind@smail.com, phenix@dmail.net, orion9@dmail.net, mzspa@dmail.net, ginmonko@dmail.net, kdsan@dmail.com, bbyu7@gg.com, damu5@gg.com, victor@gg,com, cube38@gg.com, rurujoa@gg.com, shinhyo73@gg.com,
제목	[초대] 국악 동아리 콘서트에 초대합니다.

초대의 글

<판소리와 재즈의 만남>

안녕하세요, 국악 동아리 『비나리』입니다.
이번 가을 축제에 저희 국악 동아리에서 판소리와 재즈가 함께 어우러지는
《판소리와 재즈의 만남》 콘서트를 준비했습니다. 깊어가는 가을날에 연인
또는 친구와 함께 좋은 추억을 만드시기를 바라는 마음으로 여러분을 초대
하오니 많은 분들이 오셔서 함께 하시면 좋겠습니다.

▶ 일시: 10월 13일 (화) 오후 7시
▶ 장소: 예술관 콘서트홀 (49동)
▶ 문의: 02-880-7914, 9320 / musicsnu@smail.com
▶ 전석 초대 (별도 티켓 없음) / 선착순 입장

부담 없이 참석하셔서 저희들이 준비한 자리를 빛내 주시기를 기대합니다.

『비나리』 일동 올림

2 閱讀上文並回答下列問題。

① 누가 쓴 이메일입니까?

② 메일을 쓴 이유는 무엇입니까?

③ 콘서트에서 어떤 공연을 합니까?

3 請學習以下表現模組。

-오니

• 취업 박람회를 개최하**오니** 많은 관심 부탁드립니다.
　將舉辦就業博覽會，懇請大家踴躍參與。

• 두 사람이 결혼식을 올리고자 하**오니** 오셔서 축하해 주시기 바랍니다.
　兩人即將舉行婚禮，希望可以前來給予祝福。

• 그동안의 작품을 모아 전시하고자 하**오니** 한 편씩 제출해 주시기 바랍니다.
　想集結這段時間的作品舉辦展覽會，還請您各繳交一幅作品。

練習

다음 주말에 송별회를 하는데 오시면 좋겠어요.

→ _____

발표회를 하려고 하는데 참석해 주실 수 있으세요?

→ _____

> 「-오니」與「-(으)ㄴ/는데」相似，表示對對方恭謹之意。一般日常對話中不常用，但常用於公告或邀請等場合中。

-기를 기대합니다

• 좋은 결과가 나오**기를 기대합니다**.
　期待有好的結果。

• 앞으로 상황이 더 나아지**기를 기대합니다**.
　希望以後的情況更好。

• 긍정적인 답변을 듣게 되**기를 기대합니다**.
　希望可以聽到肯定的答覆。

練習

올해에는 월급이 오르면 좋겠어요.

→ _____

이번 대회에서 여러분이 좋은 성적을 거두면 좋겠어요.

→ _____

> 「-기를 기대합니다」用於表達希望某件事情能依照所想的實現並表達期待之心。這是不讓對方因自己的期待而感到有負擔，是鄭重表達的表現。

4 請完成以下電子郵件。

❶ 請使用學過的表現完成下列句子。

> 情況
>
> 邀請來參加自己的結婚典禮時。

_____오니 오셔서 자리를 빛내 주시면 감사하겠습니다.
　　다음 달에 식을 올리다

_____기를 기대합니다.
　　많은 분들이 오셔서 축하해 주시다

❷ 請使用上面寫好的句子來完成電子郵件。

보내는 사람 : **마란**
받는 사람 : **동아리 『비나리』의 선·후배, 동기 여러분**
용건 : **다음 달 제 결혼식에 초대하려고 합니다.**

받는 사람	hamd@smail.com, goblin@smail.com, gowind@smail.com, phenix@dmail.net, orion9@dmail.net, mzspa@dmail.net, bkpsqo@smail.com, cube38@gg.com, chech@smail.com, ofpln@smail.com, txvqbi@dmail.net, julyangu@dmail.net

稱謂 _____

問候與自我介紹 _____

邀請的內容 _____

_____

_____

_____

結尾問候 _____

寄件者 _____

來確認一下有沒有寫好吧

1 請閱讀以下電子郵件，找找看是否有寫錯的地方。

....

받는 사람	bkpsqo@smail.com, cube38@gg.com, chech@smail.com, ofpln@smail.com, txvqbi@dmail.net, julyangu@dmail.net
제목	제 결혼식에 초대합니다.

『비나리』 여러분께

여러분, 요즘 잘 지내고 계세요? 저는 마란이라고 합니다.
다름이 아니라 제가 다음 달에 결혼을 하려고 합니다. ^7^ 그래서 요즘 제가
준비하느라 동아리에 거의 못 나가 여러분을 자주 못 만나서 이렇게 메일을
드립니다.

그동안 한국에서 여러분 때문에 제가 좋은 사람을 만나고 한국에서 잘 살 수
있었습니
다. 감사하는 마음으로 여러분을 결혼식에 초대하고자 합니다. 결혼식은 다
음 달 20일 오후 1시에 행복웨딩홀에서 합니다. 시간이 있으면 꼭 가기를 바
랍니다. 여러분의 축하를 많이 받기 바랍니다.

그럼 연락을 기다리고 있습니다. 감사합니다.

마란 드림

等一下！ 請適當分段書寫。

電子郵件寫著寫著有可能內容變得很長。此時最好可以適當分段，讓閱讀的人得以容易理解為佳。一般來說分段時依照稱呼收件者、開頭問候、寫信的目的、具體內容、結尾問候、寄件者來分段。與其他寫作不同，電子郵件分段時經常會空一行再寫。假如內容不長只有四五行的話，也可以不分段書寫。

2 閱讀以下內容，確認錯誤的部分。

받는 사람	bkpsqo@smail.com, cube38@gg.com, chech@smail.com, ofpln@smail.com, txvqbi@dmail.net, julyangu@dmail.net
제목	제 결혼식에 초대합니다.

『비나리』 여러분께

여러분, 요즘 잘 지내고 계세요? 저는 마란이라고 합니다.

> 對已經認識自己的人不使用「-(이)라고 하다」。

다름이 아니라 제가 다음 달에 결혼을 하려고 합니다. ^7^ 그래서 요즘 제

> 書寫正式電子郵件時，不要使用表情符號。

가 준비하느라 동아리에 거의 못 나가 여러분을 자주 못 만나서 이렇게 메일을 드립니다.

그동안 한국에서 여러분 때문에 제가 좋은 사람을 만나고 한국에서 잘 살

> 帶來好結果的情況不太使用「때문에」。

수 있었습니다. 감사하는 마음으로 여러분을 결혼식에 초대하고자 합니다. 결혼식은 다음 달 20일 오후 1시에 행복웨딩홀에서 합니다. 시간이 있으면 꼭 가기를 바랍니다. 여러분의 축하를 많이 받기 바랍니다.

> 請使用「오다」而非「가다」。

> 使用「-아/어 주시면 좋겠습니다」謙恭表達自己的希望會比較好。

그럼 연락을 기다리고 있습니다. 감사합니다.

> 由於是告知結婚典禮的電子郵件，並非要求回覆的情況。
> 使用「-기를 기대합니다」表達寄件者的期盼事項為佳。

마란 드림

3 修正寫錯的部分然後正確重寫一遍。

. . . .

	▷
받는 사람	bkpsqo@smail.com, cube38@gg.com, chech@smail.com, ofpln@smail.com, txvqbi@dmail.net, julyangu@dmail.net ⊕
제목	

우리집에 오는 방법 알려 줄게. 도서관 뒤로 나와 언덕을 올라오다 보면 왼쪽에 빨간색 대문의 3층집이 보여. 계단을 통해 바로 2층으로 올라오면 돼.

알았어. 내일 11시쯤 갈게.

-(으)면 돼(요)

這是用來表示做某行動即無問題或很充分的表現。

미카 씨는 수업 끝나는 대로 바로 _____.
오다

뒷풀이니까 조금 늦게 와도 괜찮아요.

-더라도

表示即使假設有「-더라도」前面的情況，也不會對後面發生的事情造成影響。

미카가 한 학기 동안 고생했으니 _____
바쁘다

잠깐 가서 축하해 주는 게 좋을 것 같아.

이번 모임의 뒷풀이 장소는 학교 정문 앞 '우리 식당' 입니다. 회비는 따로 없으니 부담 갖지 마시고 늦더라도 꼭 참석해 주세요.

네, 알겠습니다.
- 서준기 드림

해답 & 부록

- 中文翻譯＆解答範例
- 公司業務上常用表現

P.19

1 請閱讀以下電子郵件。

• 翻譯

收件者	kimjh@smail.com
主旨	拜年（周新陽）

金正賢教授：

　　教授好。

　　我是上學期到韓國大學當交換學生的周新陽。您近來是否一切安好？我結束在韓國的課業後回到中國，如今再回到學校繼續上課。從韓國返回中國時未能正式與教授道別，故今特寫信與您道謝。

　　初到韓國時，因為韓語不太好，很擔心自己能否完全聽課。但多蒙韓國朋友們相助及教授盡心教導，得以在一年間學到許多並平安地回到家鄉。一切都是託朋友與教授的福，在此致上誠摯的謝意。

　　新年將屆，預祝您

　　新年愉快並祝永遠幸福快樂。

　　　　　　　　　　　　　　　　　　　　　來自中國的周新陽 敬上

2 閱讀上文並回答下列問題。

• 範例

❶ 학생이 교수님에게 쓴 이메일입니다. 두 사람은 사제지간（師弟之間）입니다.

❷ 처음에 한국어를 잘 못해서 걱정 많았지만 1년동안 많이 배우고 무사히 고향으로 돌아갔습니다. 친구와 교수님에께서 도움을 받았습니다.

❸ 교수님께 감사와 새해 인사를 드리려고 이메일을 썼습니다.

P.20

3 請學習以下表現模組。

• 範例

-(으)ㄴ/는지요？

❶ 오늘 회의에 참석하실 수 있으신지요？

❷ 보내 드린 자료는 검토해 보셨는지요？

-(으)려고 연락을 드립니다.

❶ 새 제품을 소개해 드리려고 연락을 드립니다.

❷ 논문에 필요한 자료를 요청하려고 연락을 드립니다.

4 請完成以下電子郵件。

• 範例 **P.21**

❶ **請使用學過的表現完成下列句子。**

1. 방학 동안 별일 없으셨는지요 ?

2. 그간 찾아뵙지 못해서 안부 인사드리려고 연락을 드립니다.

❷ **請使用上面寫好的句子來完成電子郵件。**

받는 사람	cheowj@smail.com
제목	안부 인사 드립니다. (사샤)

稱謂 : 최원주 교수님께

問候與自我介紹 : 저는 러시아에서 온 기계공학과 1학년 사샤입니다. 방학 동안 별일 없으셨는지요 ?

寫信的理由 : 저는 방학 동안 러시아에 갔다오느라 그간 찾아뵙지 못해서 안부 인사를 드리려고 연락을 했습니다.

具體內容 : 1 학기 때 한국어를 잘 못해서 수업을 들을 수 있을지 걱정 많았습니다. 그런데 한국 친구들도 많이 도와주고 교수님께서도 잘 챙겨 주셔서 1학기를 무사히 마쳤습니다. 진심으로 감사드리고 다음 학기도 잘 부탁드립니다.

結尾問候 : 이제 곧 새 학기 시작됩니다. 늘 행복하고 즐거운 일만 가득하시길 바랍니다.

안녕히 계십시오.

寄件者 : 러시아에서 온 사샤 올림.

1 請閱讀以下電子郵件。
• 翻譯

收件者	mn99@smail.com	⊕
主旨	恭喜您畢業（凱莉）	

學長，您好：

　　我是您的同鄉學妹凱莉。放假期間您過得好嗎？

　　下週畢業典禮，但我人在老家似乎無法參加，所以特地寫信跟您說聲恭喜。

　　我仍忘不了剛入學時學長向我介紹學校的那天。當時學長您聽說來了一個同鄉學妹而特別照顧我，在那期間我一直無法好好謝謝您。雖然晚了點，但還是要向您表達誠摯的謝意。雖然我也想像學長一樣好好照顧學弟妹們，但課業繁忙，似乎都只是心裡想想而沒辦法好好照顧他們。

　　聽說您畢業後會繼續留在韓國就業，希望以後有機會與您見面。歡迎您有空隨時與我聯繫。再次

　　恭賀您順利完成學業，並祝您早日適應社會生活。

同鄉學妹凱莉 敬上

2 閱讀上文並回答下列問題。
• 範例

❶ 후배가 선배에게 쓴 이메일입니다.

❷ 많이 도와주던 고향 선배에게 감사인사와 졸업을 미리 축하하려고 이메일을 썼습니다.

❸ 감사한 마음을 가지고 있습니다.

3 請學習以下表現模組。
• 範例

-다고 들었습니다.

❶ 주말에는 바쁘시다고 들었습니다.

❷ 야구 경기가 날씨 때문에 취소됐다고 들었습니다.

-(으)시기 바랍니다.

❶ 즐거운 주말 되시기 바랍니다.

❷ 궁금한 점이 있으면 연락 주시기 바랍니다.

4 請完成以下電子郵件。

❶ **請使用學過的表現完成下列句子。**

1. 선배님이 대학원에 합격하셨다고 들었습니다.

2. 대학원 생활에 적응 잘하시기 바랍니다.

❷ **請使用上面寫好的句子來完成電子郵件。**

받는 사람	youra@smail.com
제목	대학원 합격 축하드립니다. (진수)

稱謂：유라 선배님께

問候與自我介紹：안녕하세요 ? 저는 영어영문학과 3학년 진수입니다.

寫信的理由：선배님이 대학원에 합격하셨다고 들었습니다. 선배님의 대학원 합격을 축하해 드리려고 연락 드렸습니다.

具體內容：저는 선배님의 도움 덕분에 대학 생활을 잘 적응할 수 있었습니다. 진심으로 감사드리고 선배님의 대학원 생활을 응원하겠습니다. 대학원 생활에 적응 잘하시기 바랍니다.

結尾問候：안녕히 계십시오.

寄件者：후배 진수 올림

받는 사람　cheowj@smail.com

제목　안부 인사 드립니다. (사샤)

교수님,

안녕하십니까? 저는 기계공학과 1학년 사샤입니다.

방학을 잘 지내고 계신지요? 오랫동안 못 만나 뵈었는데 건강은 어떠신지요? 교수님께서 미국에 다녀오셨다고 들었는데 재미있으셨는지요?

저는 방학 때 여행을 다녀왔습니다. 즐거운 여행을 한 후에 신학기 준비를 열심히 했습니다. 기분 전환도 하고 필요한 물품도 많이 샀습니다.

저는 방학 동안 교수님께서 가르쳐 주신 수업을 다시 복습했기 때문에 다음 학기에 자신감을 가지고 열심히 공부할 수 있습니다. 신학기에 만나 뵙기를 기대하고 있습니다. 그럼 학교에서 뵙겠습니다.

사샤 올림

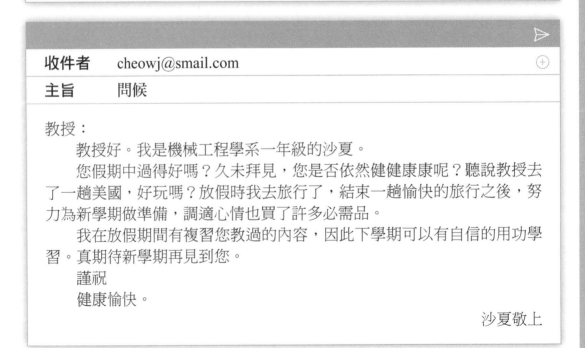

收件者　cheowj@smail.com

主旨　問候

教授：

　　教授好。我是機械工程學系一年級的沙夏。

　　您假期中過得好嗎？久未拜見，您是否依然健健康康呢？聽說教授去了一趟美國，好玩嗎？放假時我去旅行了，結束一趟愉快的旅行之後，努力為新學期做準備，調適心情也買了許多必需品。

　　我在放假期間有複習您教過的內容，因此下學期可以有自信的用功學習。真期待新學期再見到您。

　　謹祝

　　健康愉快。

沙夏敬上

• **簡訊請這樣寫**

A：恩珠，妳有好消息呢。聽說這次妳晉升了是嗎？真是恭喜妳。看來妳的努力有了回報。聽到妳的好消息我也開心！

B：學姊，謝謝您。這一切都是託為我加油打氣的學長姐的福^^

-다면서(요)？

현수 씨, 곧 결혼하다면서요？ 진심으로 축하해요.

A：娥眉，聽說妳生病住院了是嗎？妳在哪家醫院？我去探望妳。

B：秀賢，謝謝妳。我現在出院在家裡休息。託妳關心之福，我好很多了。

-아/어 주신 덕분에

여러분이 격려해 주신 덕분에 무사히 한 학기를 잘 마쳤어요. 고마워요.

P.31 **1 請閱讀以下電子郵件。** • 翻譯

收件者	leesg@smail.com
主旨	想考研究所（佳莉娜）

李相奎教授：

　　教授好。我是韓國大學國際學系四年級在學生佳莉娜。這是我第一次與教授請安。我在俄羅斯莫斯科唸完高中之後進入韓國大學念書，明年2月即將畢業。由於對中亞歷史頗有興趣，希望可以進入韓國大學東洋歷史系碩士班。

　　大三時在〈中亞歷史〉課準備發表時第一次接觸到教授您的論文。此後，我對教授對中亞歷史深入分析之研究甚覺有趣，因此興起想向教授有系統學習的念頭。我有通俄語的優點，想嘗試做俄羅斯與韓國內中亞研究的比較研究。

　　所以我寫信給您，想了解是否有可能進入與大學主修不同專業之研究所就讀的可能。若您願意給我機會，我想申請進入東洋歷史學系碩士班。

　　感謝您讀完內容冗長的信件，期待教授的好消息。

敬祝

平安

佳莉娜敬上

2 閱讀上文並回答下列問題。 • 範例

❶ 역사학과로 진학하고 싶어서 사학과 교수님께 문의 메일을 보냈습니다.

❷ <중앙아시아의 역사> 수업 시간에 발표 준비하다가 이상규 교수님의 논문을 접해서 알게 되었습니다.

❷ 러시아와 한국에서의 중앙아시아 연구를 비교 연구하고자 합니다.

P.32 **3 請學習以下表現模組。** • 範例

-(이)라고 합니다

❶ 오늘 사회를 보게 된 송기범이라고 합니다.

❷ 삼 일 동안 여러분을 안내하게 된 크리스라고 합니다.

-아/어 보고 싶습니다

❶ 새 제품을 사용해 보고 싶습니다.

❷ 이 주제에 관해 깊이 공부해 보고 싶습니다.

4 請完成以下電子郵件。

• 範例 P.33

❶ **請使用學過的表現完成下列句子**

1. 저는 미카라고 합니다.

2. 판매와 관련된 일을 해 보고 싶습니다.

❷ **請使用上面寫好的句子來完成電子郵件。**

받는 사람	mnri9082@smail.com	
제목	판매와 관련된 아르바이트를 하고 싶습니다.(미카)	

稱謂 : 아르바이트 채용 담당자 님께

問候與自我介紹 : 안녕하십니까 ? 저는 한국대학교 경영학과 3학년에 재학 중인 일본인 미카라고 합니다.

寫信的理由 : 주말에 판매와 관련된 아르바이트에 관심이 있어서 자기소개 메일을 보내 드립니다.

具體內容 : 한국 유학 생활은 1년 남았는데 주말에 마침 시간이 비어서 전공을 살리고자 판매와 관련된 일을 해 보고 싶습니다. 일본어는 물론 한국어 실력도 4급정도 되고 영어도 할 줄 알아서 외국인 손님 응대에 많은 자신이 있습니다. 주중에는 학교 수업 있기 때문에 주말 시간동안 판매아르바이트를 하고 싶습니다.

結尾問候 : 제 메일을 읽어 주셔서 감사합니다. 좋은 소식을 기대하고 있겠습니다. 안녕히 계십시오.

寄件者 : 미카 올림

1　請閱讀以下電子郵件。　　　　　　　　　　　　　　•翻譯

收件者	hope3@smail.com, lalah@smail.com, quore@smail.com, xiwon@smail.com, soony@smail.com, buff@smail.com, suvoz@smail.com, torll@smail.com, cuks8@smial.com,
主旨	[單位異動通知]世界國際教育院教育開發組羅賢相

世界國際教育院的同仁，大家好。

　　我是這次調任教育開發組組長的羅賢相。今年人事異動而離開原先的營運組，新加入教育開發組與各位共事，在此與各位致問候之意。

　　過去3年間我與營運組的同仁們共同處理會計與契約業務。如今調任教育開發組，將負責企劃案開發與執行相關工作。日後我在教育開發組將努力克盡職責，成為國際教育院所需之人才。

　　一直以來，教育開發組主要置重於國內教育企劃開發上，我會以過去的經驗為基礎，在開發海外教育企劃上著力。我將竭盡所能讓教育開發組成長為朝全球發展的世界國際教育院。

　　謹此
　　謝謝大家。

國際開發組組長 羅賢相 敬上

2　閱讀上文並回答下列問題。　　　　　　　　　　　　•範例

❶ 인사이동으로 새 부서로 옮겨 인사메일을 보냅니다.

❷ 지난 3년간 운영팀에서 회계와 계약 업무를 했습니다.

❸ 교육개발팀이 그동안 국내 교육 프로젝트 개발의 경험을 바탕으로 해외 교육 프로젝트 개발할 계획입니다.

3　請學習以下表現模組。　　　　　　　　　　　　•範例

-게 되어 인사드립니다.

❶ 이번 학기에 조교로 근무하게 되어 인사드립니다.

❷ 9월부터 연구실에서 연구를 하게 되어 인사드립니다.

-(으)ㄹ 계획입니다.

❶ 이번 학기에는 교외 장학금을 신청할 계획입니다.

❷ 앞으로 외국의 대학교에 대해 자세히 알아볼 계획입니다.

4 請完成以下電子郵件。 ・範例 P.36

❶ **請使用學過的表現完成下列句子。**

1. 양우재 씨에게 소개 받고 통역을 하게 되어 인사드립니다.

2. 대학을 졸업하고 무역 회사에 취직할 계획입니다.

❷ **請使用上面寫好的句子來完成電子郵件。**

받는 사람	hsla2103@smail.com
제목	번역 업무를 맡은 올가입니다.

稱謂：교육개발원 나현상 팀장 님께

問候與自我介紹：안녕하십니까？ 저는 한국대학교에 재학 중인 러시아 유학생 올가라고 합니다.

寫信的理由：양우재 씨에게 소개 받고 통역을 하게 되어 인사드립니다.

具體內容：대학을 졸업하고 무역 회사에 취직할 계획입니다. 그래서 경험을 쌓으려고 무역과 통번역에 관련된 아르바이트를 하고 있습니다. 귀원은 해외 교육 프로젝트 개발을 계획하고 있는 것을 들었습니다. 제가 도움이 될 수 있는 부분이 있으면 언제든지 연락해주셨으면 합니다. 최선을 다해 도와 드리겠습니다.

結尾問候：감사합니다

寄件者：올가 올림

받는 사람   mnri9082@smail.com

제목   주말 아르바이트를 구합니다.

아르바이트 채용 담당자님께

안녕하십니까? 저는 한국대학교 경영학과 3학년에 재학 중인 미카라고 합니다. 판매와 관련된 아르바이트에 관심이 있어서 메일을 보냅니다.

저는 일본 사람이지만 한국어 4급이고 영어 실력도 좋아서 손님들과 잘 소통할 수 있습니다. 그리고 편의점에서 반 년 동안 아르바이트를 한 경험이 있어서 판매에 자신이 있습니다.

그런데 주중에는 학교에 다녀서 주말에만 일을 할 수 있습니다. 주말에는 시간이 있으니까 언제든지 연락 주시면 열심히 하겠습니다. 저에게 기회를 주시면 좋겠습니다.

감사합니다.

미카 올림

收件者   mnri9082@smail.com

主旨   應徵假日工讀生

工讀生雇用組長：

　　您好，我是韓國大學經營學系三年級在學中的美卡，我對銷售相關打工感興趣，因此給您寫信。

　　我雖然是日本人，但我是韓檢四級，英語能力也很好，可以跟顧客們有良好的溝通。而且我曾在便利商店打工半年，有相關工作經驗，對銷售有自信。

　　不過我平日要上學，只有假日能工作。周末隨時都有空，若您需要工讀生請隨時與我聯絡。我會努力的。希望您可以給我機會！

謝謝。

美卡敬上

A：明恩，聽說你學過中文？我在看中國影劇而想到你，所以想跟你說一下。內容不難，很適合拿來練習聽力。

B：是喔？謝謝妳跟我說。劇名叫什麼？

-다고 했지(요)

미카야, 너 지난번에 아르바이트하고 싶다고 했지 ?

A：民奎，你對策略企劃組專題講座有興趣嗎？聽說下週一下午兩點在學校舉行⋯

B：當然有興趣了，謝謝你告訴我。你知道怎麼申請嗎？

-ㄴ/는다던데

사회학과에서 설문조사를 도와 줄 사람을 찾는다던데 같이 할래요 ?

P.43 **1 請閱讀以下電子郵件。** ・翻譯

| 收件者 | hatj@smail.com | ⊕ |
| 主旨 | 想拜訪您（自由主修學系諾茗） |

河泰周教授：

　　您好，教授，我是自由主修學系的諾茗。

　　離決定主修的時間點越來越近，但我仍然沒能決定要主修什麼而感到惶恐。我想畢業後在韓國工作，但我難以取得相關的實質資訊或建議。所以我想直接請教教授的意見並與您討論。學期中想必您很忙，不曉得您是否能騰出一點時間給我呢？

　　我週一、週二有課，週三、週四、週五都沒課，教授您告訴我您哪天方便，我可以配合您的時間。您告訴我您哪天有空，我將前往研究室拜訪您。

　　季節交替期間還請您保重身體，期待您的回信。

　　祝

　　平安

諾茗敬上

2 閱讀上文並回答下列問題。 ・範例

❶ 학생이 교수님에게 쓴 편지입니다.

❷ 전공을 정해야 하는데 정하지 못해서 고민 중이랍니다.

❷ 수요일과 목요일, 금요일입니다.

P.44 **3 請學習以下表現模組。** ・範例

-(으)ㄹ텐데 -아/어 주실 수 있으신지요 ?

❶ 공연까지 시간이 많지 않을 텐데 이 부분을 바꿔 주실 수 있으신지요 ?

❷ 여기서 일정이 곧 끝날 텐데 다음 회의에 참석해 주실 수 있으신지요 ?

-도록 하겠습니다.

❶ 다음에는 늦지 않도록 하겠습니다.

❷ 시장 조사를 하고 나서 결과를 보고 드리도록 하겠습니다.

4 請完成以下電子郵件。

• 範例 P.45

❶ **請使用學過的表現完成下列句子。**

　1. 회사 일이 많으실 텐데 인터뷰를 위해 시간을 내 주실 수 있으신지요 ?

　2. 사무실로 찾아 뵙도록 하겠습니다.

❷ **請使用上面寫好的句子來完成電子郵件。**

받는 사람	mjhkor98@smail.com
제목	인터뷰 신청합니다.(학보 기자 유가)

稱謂 : 홍민주 선배님께

問候與自我介紹 : 선배님, 안녕하세요 ? 저는 학보사 기자인 신방과 3학년 유가라고 합니다.

寫信的理由 : 저희 학보에 실릴 졸업생 인터뷰를 계획 중인데 마침 선배님의 경력을 보고 후배들에게 많은 조언을 주실 수 있을 것 같아서 연락을 드립니다. 회사 일이 많으실 텐데 인터뷰를 위해 시간을 내 주실 수 있으신지요 ?

具體內容 : 인터뷰 내용은 주로 선배님 대학 생활을 어떻게 보냈는지, 스펙을 어떻게 쌓는지, 회사에서 전공을 어떻게 살리는지에 관한 내용입니다. 선배님 시간 괜찮으시다면 저는 선배님 사무실로 찾아 뵙도록 하겠습니다.

結尾問候 : 추운 날에 감기 조심하시고 선배님의 답변을 기다리겠습니다.

감사합니다.

寄件者 : 유가 올림

1 請閱讀以下電子郵件。

• 翻譯

收件者	hatj@smail.com	⊕
主旨	[討論會議行程]–招募新進會員相關事宜	

「雅美」全體會員：

　　大家好，我是「雅美」第九任會長金城浩。很可惜，假期即將結束，不曉得大家是否一切安好？

　　由於大家的活躍，去年規劃的各項活動都成功舉辦；我們社團也在校內獲得廣為人知的宣傳效果。希望這股氣勢今年也持續下去，這學期新生多多成為新進會員加入我們社團。

　　因此，為準備3月新進會員招募活動，我們將召開全體會員大會。我們預計在2月10日下午1點或2月11日下午1點於社團教室舉辦會議，請告知可以參與的時間。由於這是為了本年度新會員招募而召開的重要會議，煩請會員們積極參與，並於本週末之前回覆此信。

　　謹此祝剩餘的假期健康，我們開會時見。

第九屆會長 金城浩敬上

2 閱讀上文並回答下列問題。

• 範例

❶ 동아리 회장이 동아리 회원들에게 쓴 이메일입니다.

❷ 3월 신입 회원 모집 활동을 준비하기 위해 메일을 씁니다.

❸ 회의 가능한 시간을 알려줘야 합니다.

3 請學習以下表現模組。

• 範例

-고자 합니다

❶ 신제품 시연회에 여러분을 초대하고자 합니다.

❷ 주차권 신청 절차 변동 사항에 대해 안내해 드리고자 합니다.

-아/어 주시기 바랍니다

❶ 관심이 있으신 분은 이번 주까지 연락해 주시기 바랍니다.

❷ 가입하시려면 가입 신청서와 입회비를 내 주시기 바랍니다.

4 請完成以下電子郵件。

• 範例 P.48

❶ **請使用學過的表現完成下列句子。**

1. 하계 엠티를 가고자 합니다.

2. 금요일 오후나 토요일 오전 중에 편한 시간을 말씀해 주시기 바랍니다.

❷ **請使用上面寫好的句子來完成電子郵件。**

받는 사람	ginmonko@dmail.net, kdsang@gg.com, bbyu7@gg.com, damu5@gg.com, cube38@gg.com, rurujoa@gg.com cheowj@smail.com, shinhyo73@gg.com, victor@gg,com	⊕
제목	단합회 출발시간 결정하려고 합니다.	

稱謂：동아리 회원님들께

問候與自我介紹：안녕하세요 ? FC 동아리 회장 수하르입니다.

具體內容：우리 동아리 하계엠티를 가고자 하니 출발 시간 정하려고 연락을 드립니다. 금요일 오후나 토요일 오전 중에 편한 시간을 말씀해 주시기 바랍니다.

結尾問候：모두 편안한 주말을 보내시기 바라며 회신을 기다리겠습니다.

감사합니다.

寄件者：수하르 올림

받는 사람　mjhkor98@smail

제목　선배님을 뵙고 싶습니다.(학보사 기자 유가)

홍민주 선배님께

선배님, 안녕하세요? 저는 학보사 기자인 신방과 3학년 유가입니다.

이번에 학보에 실릴 졸업생 인터뷰 때문에 이렇게 메일을 보내는데 갑자기 보내서 놀라셨으리라 생각합니다.

다름이 아니라 우리 학보에 실릴 졸업생 인터뷰를 위해 선배님을 만나 뵙고자 해서 메일을 드립니다. 바쁘시겠지만 시간을 내 주실 수 있으면 제가 회사로 방문을 해도 괜찮을까요? 혹시 이번 주 금요일 오후에 잠깐 만나 주실 수 있으신지요? 만약 허락하시면 금요일에 가 뵙도록 하겠습니다.

그럼 선배님을 뵙기를 기대하며 답을 기다리겠습니다.

안녕히 계십시오.

후배 유가 올림

收件者　mjhkor98@smail

主旨　想拜訪學長（學校報社記者尤加）

洪珉朱學長：
　　學長您好。我是學報記者，新聞放送系三年級的尤加。
　　這次因校刊要刊登畢業生專訪的緣故而給您寫信，突然寫信或許有感意外吧。
　　不為別的，為了我們校刊刊登的畢業生專訪想拜訪您，於是給您寫信。若學長百忙中能撥冗，不知可否前往公司拜訪？不曉得這個週五下午能不能見個面呢？若可以的話，我將於週五前往拜訪。
　　那就期待與學長見面，靜候回覆。
　　祝 安好
　　　　　　　　　　　　　　　　　　　　　　學妹尤加敬上

● **簡訊請這樣寫。**

A：安城周先生，請於下周四下午四點前來店裡面試。

B：真的很抱歉，那時間我不太行。因為我那天下午兩點有主修考試，即使考完立刻趕去應該也會超過四點。

-(으)ㄴ/는데요

죄송하지만, 평일 오전에는 곤란한데요. 오전에는 수업이 있어서요.

A：您好，我是昨天下午去找房子的學生。我想去看看您說的那間位於後門住家二樓的房間，請問什麼時間方便呢？

B：好的，我先跟屋主連絡一下再回覆您。麻煩您先跟我說一下您方便的時間。

-(으)면 좋겠는데

학교 근처에서 만나면 좋겠는데 괜찮아요？

P.55
1 請閱讀以下電子郵件。 •翻譯

收件者	seongjin@smail.com
主旨	想拜託老師幫我寫推薦信（王素素）

致 朴城鎮老師：

　　老師，您好。我是就讀韓語教育中心6級的王素素。我正準備下學期進入韓國大學遊戲學系就讀，我想拜託老師幫我寫推薦書，所以給您寫信。

　　我從小就對電腦相當感興趣，高中時也曾在電腦軟體研發社團中與朋友們設計過各類軟體。由於韓國以遊戲產業出名，所以我打算在韓國的大學裡學習遊戲企劃與研發。

　　因為老師曾在4級、5級時教過我，長時間見過我唸書時的模樣，我覺得老師對我應該滿了解的，所以想拜託老師幫我寫推薦信。若老師可以幫我寫推薦信，我再於老師方便的時間帶推薦信格式跟必要的資料前去拜訪老師。

　　祝 平安

王素素敬上

2 閱讀上文並回答下列問題。 •範例

❶ 한국은 게임산업으로 널리 알려져 있기 때문에 게임 기획과 개발에 대해 공부해 보고 싶습니다.

❷ 어학당 4급과 5급에서 가르쳐 주셨기 때문에 왕소소에 대해 많이 알고 있다고 생각해서 부탁했습니다.

❸ 선생님 편한 시간에 추천서 양식과 필요한 자료를 준비해서 찾아뵙도록 할 생각입니다.

P.56
3 請學習以下表現模組。 •範例

-기 위해 메일을 드립니다.

❶ 상담 일정을 조정하기 위해 메일을 드립니다.

❷ 워크숍에 발표자로 신청하기 위헤 메일을 드립니다.

-(으)므로

❶ 주차 공간이 부족하므로 대중교통을 이용하시기 바랍니다.

❷ 월요일은 손님이 많아 복잡하므로 다른 요일에 방문하시기 바랍니다.

4 請完成以下電子郵件。

• 範例 P.57

❶ **請使用學過的表現完成下列句子。**

　1. 시험 기간에 도서관 개방 시간 연장을 부탁하기 위해 메일을 드립니다.

　2. 늦은 시간에 학생들이 공부할 곳이 없으므로 도서관을 개방해 주시기 바랍니다.

❷ **請使用上面寫好的句子來完成電子郵件。**

받는 사람	lib@smail.com
제목	시험 기간에 도서관 개방 시간 연장 부탁드립니다.

稱謂 : 도서관 관장님께

問候與自我介紹 : 안녕하세요 ? 저는 광고홍보학과 3학년 수하르라고 합니다.

寫信的理由 : 다름이 아니라 시험 기간에 도서관 개방 시간 연장을 부탁드리기 위해 메일을 드립니다.

具體內容 : 곧 시험 기간인데 도서관은 7시까지 안 해서 늦은 시간에 학생들이 공부할 곳이 없으므로 도서관 개방 시간 연장하셨으면 합니다.

結尾問候 : 허락해 주신다면 감가하겠습니다. 회신을 기다리겠습니다.

감사합니다.

寄件者 : 수하르 올림

1 請閱讀以下電子郵件。

• 翻譯

收件者	hamd@smail.com
主旨	[請幫忙填寫問卷] 活用都市觀光景點的市場策略

學長您好：

　　我是經營學系四年級的黃氏恩。您這段時間過得好嗎？我這次以市場策略作為畢業論文主題，想拜託學長參與問卷調查而寫信給您。

　　本論文是以建立活用觀光景點市場策略為目標，但我沒有社會經驗，因此想拜託經驗豐富的學長們幫我做問卷調查。您公司業務繁忙，若能撥點時間幫我回答問卷，對我會有極大的推力。

　　本該一一前往趨訪請託，用電子郵件連絡甚是抱歉。若您能以鼓勵不成熟學妹之心寬容體諒撥冗作答，則不勝感激。

黃氏恩敬上

填寫問卷

2 閱讀上文並回答下列問題。

• 範例

❶ 후배가 선배에게 쓴 이메일입니다.

❷ 마케팅 전략에 대한 주제로 졸업 논문을 준비하고 있는데 본인이 사회 경험이 없기 때문에 선배님들의 도움을 청하려고 합니다.

❸ 도시 관광지를 활용한 마케팅 전략 세우기입니다.

3 請學習以下表現模組。

• 範例

-아/어 주시기를 부탁드립니다

❶ 금요일로 회의를 연기해 주시기를 부탁드립니다.

❷ 학교 정문에 신호등을 설치해 주시기를 부탁드립니다.

-아/어 주시면 감사하겠습니다

❶ 일이 끝나는 대로 연락해 주시면 감사하겠습니다.

❷ 과제 제출 마감일을 다시 알려 주시면 감사하겠습니다.

4 請完成以下電子郵件。

• 範例 **P.60**

❶ **請使用學過的表現完成下列句子。**

1. 발표 팀원을 학생들이 정할 수 있도록 해주시기를 부탁드립니다.

2. 학생들의 의견을 받아들여 주시면 감사하겠습니다.

❷ **請使用上面寫好的句子來完成電子郵件。**

받는 사람	leedj@smail.com
제목	발표 팀원을 학생들이 정하게 해 주시기를 부탁드립니다.

稱謂：이동주 교수님께

問候與自我介紹：안녕하세요 ? 소비자가족학과 18학번 세마눌이라고 합니다.

寫信的理由：학생들의 의견을 받아 갑작스레 메일을 드려 죄송합니다. 발표 팀원을 학생들이 정할 수 있도록 해주시기를 부탁드립니다.

具體內容：학생들이 발표 팀원을 정할 수 있었으면 좋겠다는 의견이 많습니다. 교수님께서 학생들의 의견을 받아들여 주시면 학생들이 발표 팀원을 정할 수 있도록 해주시면 감사하겠습니다.

結尾問候：허락해 주신다면 학생들이 선정한 발표팀원 리스트를 작성하여 교수님께 전달해 드리겠습니다.

감사합니다.

寄件者：세마눌 올림

받는 사람	namseonoh@smail.com
제목	장학금 신청을 위한 추천서를 부탁드립니다.

교수님, 안녕하세요?

저는 광고홍보학과 3학년 수하르입니다.

장학금을 신청하기 위한 추천서를 써 주시기를 부탁드리기 위해 이메일을 드립니다.

요즘 시험이 좀 많은데도 저는 정말 열심히 공부하고 있습니다. 아시다시피 학비가 매우 비싸므로 열심히 공부해서 장학금을 받으면 부모님의 부담을 조금 줄일 수 있을 거라고 생각합니다.

그래서 제가 장학금을 신청하려고 합니다. 교수님께서 시간이 괜찮으시면 추천서를 써 주시면 감사하겠습니다. 바쁘시겠지만 교수님께서 긍정적인 대답을 해 주시리라 기대합니다.

안녕히 계십시오.

수하르 올림

收件者	namseonoh@smail.com
主旨	為申請獎學金，想拜託教授幫忙寫推薦信

教授，您好：

　　我是廣告宣傳學系3年級的蘇哈勒。

　　為了申請獎學金，想拜託教授幫我寫推薦信所以寫信給您。

　　雖然最近考試有點多，但我真的很努力念書。如您所知，學費很貴，我是想說若我能努力念書申請到獎學金，就可以減輕父母的負擔。

　　所以我想要申請獎學金。若教授時間允許，可以幫我寫推薦信的話，感激不盡。知道教授很忙，但還是期待可以收到教授的肯定回信。

　　祝 平安

蘇哈勒敬上

A：善英，我這禮拜要在〈現代社會之理解〉課堂上發表，但我沒有信心。你能不能幫我訂正我的發表原稿？

-(으)면 안 될까(요)?

네가 우리 학교 근처로 오면 안 될까? 금요일에 수업이 늦게 끝나거든.

A：凱文～我今天輪到做晚餐，但準備中發現醬油沒了。幫我買一罐醬油回來吧。

B：知道了，我買回去。還需要什麼嗎？

-아/어다 줘

학교에 올 때 내 지갑 좀 가져다 줘. 깜박 잊어버리고 지갑을 놓고 왔어.

P.67 **1 請閱讀以下電子郵件。**　　　　　　　　　　　　　　　• 翻譯

收件者	leemr@smail.com
主旨	《社會學原理》選課詢問

李美拉教授：

　　您好，教授。我是哲學系2018年入學的姜哲秀。很抱歉在假期中打擾您。不為別的，我想上下學期開課的《社會學原理》，因此寫信給您，想請教我能否修這門課。

　　我從上學期開始以社會學為輔系，高中時修《社會科學方法論》起了繼續探究社會學的念頭。

　　因此我想修這學期的《社會學原理》，但聽說這門課僅限大一學生申請。系辦是說如果教授同意，我就可以修這門課。若沒有太大問題，您可否允許我修這門課？若您同意讓我修這門課，我一會努力學習的。

　　那麼，期待您的好消息。謝謝。

　　謹此 祝

　　平安

　　　　　　　　　　　　　　　　　　　　　　哲學系 姜哲秀敬上

2 閱讀上文並回答下列問題。　　　　　　　　　　　　　　　• 範例

❶ 학생이 교수님에게 쓴 이메일입니다. 두 사람은 학생과 교수 관계입니다.

❷ 고등학교 때 '사회과학방법론'이라는 수업을 들으면서 사회학을 계속 탐구하고 싶다는 생각을 했기 때문에 이 과목을 수강하고 싶어합니다.

❸ <사회학 원론>을 수강하고 싶은데 1학년만 들을 수 있다고 되어 있고 과 사무실에서는 담당 교수님이 허락해 주면 수강 가능하다고 하기 때문입니다.

P.68 **3 請學習以下表現模組。**　　　　　　　　　　　　　　　• 範例

-다름이 아니라

❶ 다름이 아니라 다음 회의에 참석하지 못할 것 같아요.

❷ 다름이 아니라 원고 제출 마감이 언제인지 알고 싶어서 연락드려요.

-(으)ㄴ/는지 여쭤 보려고

❶ 새로 나온 제품의 디자인이 어떤지 여쭤 보려고 합니다.

❷ 저희 사무실로 방문해 주실 수 있는지 여쭤 보려고 합니다.

4 請完成以下電子郵件。

• 範例 **P.69**

❶ **請使用學過的表現完成下列句子。**

1. 다름이 아니라 다음 학기에 사정이 있어서 고향에 돌아가야 합니다.

2. 휴학을 어떻게 할 수 있는지 여쭤 보려고 연락을 드립니다.

❷ **請使用上面寫好的句子來完成電子郵件。**

받는 사람	office09@smail.com
제목	휴학 절차에 대하여 여쭤 보려고 합니다.(하루카)

稱謂：학과 사무실 조교님께

問候與自我介紹：안녕하세요 ? 저는 컴퓨터공학과 2학년 하루카라고 합니다.

寫信的理由：다름이 아니라 다음 학기에 사정이 있어서 고향에 돌아가야 합니다. 휴학을 어떻게 할 수 있는지 여쭤 보려고 연락을 드립니다.

具體內容：고향에 계신 어머니께서 몸이 편찮으셔서 고향에 돌아가서 간병해 드려야 합니다. 힘든 결정이지만 다음 학기는 먼저 휴학을 하기로 했습니다. 조교님께서 휴학 절차를 알려주실 수 있으신지요 ?

結尾問候：조교님의 회신을 기다리겠습니다. 감사합니다.

寄件者 : 하루카 올림

P.70

1 請閱讀以下電子郵件。
• 翻譯

收件者	mn99@smail.com
主旨	詢問獎學金申請事宜

建築學系助教：
　　您好，我是建築學系新生羅安。我很想在韓國念建築學，如今有幸進入貴系就讀，非常開心。
　　不過我有件事情想請教，因此給您寫信。我在家鄉越南讀完大學，這次又再進入韓國的大學就讀，對父母親而言是很大的負擔。所以我想問一下有關外國人獎學金的申請，若可以申請，需要哪些條件。
　　我雖想一邊上課一邊兼差，但我對韓國生活還不熟悉，找兼職可能需花一段時間。我想若可以申請到獎學金，也許能讓我更專注於課業。還請您協助我申請到獎學金，謝謝您。
　　那麼，開學後學校見。
　　祝
　　平安

新生 羅安敬上

2 閱讀上文並回答下列問題。
• 範例

❶ 신입생이 조교에게 쓴 이메일입니다.

❷ 장학금 신청에 관해 문의 메일을 씁니다.

❸ 부모님이 학비에 큰 부담을 느끼고 있기 때문입니다.

P.71

3 請學習以下表現模組。
• 範例

에 관해 문의드립니다

❶ 수강 신청 기간에 관해 문의드립니다.

❷ 대학원 석사 학위 논문 제출 자격에 관해 문의드립니다.

-지 않을까 생각합니다.

❶ 눈이 너무 많이 오면 여행을 가기 어렵지 않을까 생각합니다.

❷ 수학을 잘하면 경제학을 공부할 때 유리하지 않을까 생각합니다.

4 請完成以下電子郵件。

❶ **請使用學過的表現完成下列句子。**

1. 기숙사 신청 자격에 관해 문의드립니다.

2. 기숙사에서 살 수 있다면 경제적으로 많은 도움이 되지 않을까 생각합니다.

❷ **請使用上面寫好的句子來完成電子郵件。**

받는 사람	office234@smail.com
제목	외국인 학생 기숙사 신청에 대해 여쭤 보려고 합니다.(리다)

稱謂：행정실 기숙사 담당자님께

問候與自我介紹：저는 이번에 외교학과 입학하게 된 신입생 리다라고 합니다.

寫信的理由：다름이 아니라 기숙사 신청에 관해 문의드립니다. 혹시 외국인 학생도 기숙사를 신청할 수 있을까요?

具體內容：저는 리비아에서 온 외국인 신입생이라 한국에서 자취방을 찾기 어렵기도 하고 보증금과 월세 비용도 부담하기 힘듭니다. 기숙사에서 살 수 있다면 경제적으로 많은 도움이 되지 않을까 생각합니다. 기숙사 신청 관련된 정보를 알려주시면 감사하겠습니다.

結尾問候：그럼 개강하면 학교에서 뵙도록 하겠습니다.

안녕히 계십시오.

寄件者：리다 올림

3 修正寫錯的部分然後正確重寫一遍。

• 範例＆翻譯

받는 사람	office234@smail.com
제목	외국인의 기숙사 신청 문의

행정실 기숙사 담당자님께

안녕하십니까?

저는 외교학과 신입생 리다입니다.

다름이 아니라 이번 학기에 기숙사를 신청하려고 하는데 외국인이 신청할 수 있는지 없는지 여쭤 보려고 이메일을 드립니다.

외국인은 한국에 집이 없으므로 기숙사에 살면 좋지 않을까 생각합니다. 그러므로 외국인에게도 기숙사를 신청할 수 있도록 해 주시면 감사하겠습니다.

또, 기숙사 신청을 어디에서 어떻게 하는지 한 달에 얼마인지도 문의 드립니다. 질문이 많아서 죄송합니다. 기숙사에 가면 열심히 공부하도록 하겠습니다.

감사합니다.

리다 올림

收件者	office234@smail.com
主旨	詢問外國人宿舍申請事宜

政室宿舍管理先生：

您好。

我是外交系新生李達。

不為別的，我這學期想申請宿舍，因此想請教外國學生是否可以申請。

外國人在韓國沒有家，因此若可以住宿會比較好。若允許外國學生申請宿舍將感激不盡。

另外，我還想請教宿舍申請要去哪邊辦理？要怎麼申請？一個月租金多少錢？問得有點多，不好意思。若能住宿，我會努力念書的。

謹致

謝忱

李達敬上

A：善英，你好啊，我是申沛。我上週〈基礎英語〉沒去上課，能不能跟你借一下筆記呢？

B：當然沒問題。我十分鐘後打給你。

-아/어 줄 수 있을까(요)？

은수야. 우리 약속을 삼십분 늦출 수 있을까？ 금요일 저녁이라서 길이 많이 막힐 것 같아서.

ㅠㅠ

A：您好，我想訂5月5日三人房。請問那天有空房嗎？

B：感謝您與本旅館連絡。目前尚有空房，如需訂房請與我們連絡。

-나요？

선배님, 혹시 모임 시간이 변경됐나요？ 약속 장소에 왔는데 아무도 없어서요.

P.79 **1 請閱讀以下電子郵件。**   •翻譯

收件者	chohs@smail.com
主旨	向您致歉（黃氏恩）

趙興秀教授：

教授，您好。

我是經營學系四年級的黃氏恩。我原本應該在昨天的〈經濟學概論〉負責第三組的發表，但因為不得已的緣由無法出席。因此寫信想與您道歉。

昨天去學校的路上，我搭的公車出車禍，因此所有乘客都得立刻前往警察局或醫院而一片狼藉。我應該先跟教授聯繫的，但沒能先跟教授說，非常抱歉。

我聽說昨天因其他組員臨時替我上場，讓課程無法順利進行。這不是其他組員的錯，是我的失誤造成的，希望教授能海量諒解，我以後不會再有這種事情發生的。

再次向您致歉，我以後會更認真、更努力念書。

祝

教安

黃氏恩敬上

---

2 閱讀上文並回答下列問題。   •範例

① 학생이 교수님에게 쓴 이메일입니다.

② 발표를 맡았는데 어제 수업 출석하지 못해서 사과 메일을 보냈습니다.

③ 어제 학교 가던 버스가 사고 나서 수업에 가지 못했기 때문입니다.

P.80 **3 請學習以下表現模組。**   •範例

-았/었어야 했는데 -지 못해서

① 마감 전에 등록했어야 했는데 등록하지 못해서 연락을 드립니다.

② 제출 전에 한 번 더 꼼꼼히 봤어야 했는데 못 봐서 죄송해요.

-다는 말씀을 드립니다.

❶ 약속한 기한보다 늦어져서 죄송하다는 말씀을 드립니다. 앞으로는 시간을 잘 지키겠습니다.

❷ 작업이 마음에 드신다니 저도 기쁘고 다른 기회에 또 함께 하기를 바란다는 말씀을 드립니다.

4 請完成以下電子郵件。

• 範例 P.81

❶ **請使用學過的表現完成下列句子。**

1. 기한 내에 냈어야 했는데 시간을 지키지 못해서 죄송합니다.

2. 정말 죄송하다는 말씀을 드리며 다음 과제는 제출 마감일을 꼭 지키도록 하겠습니다.

❷ **請使用上面寫好的句子來完成電子郵件。**

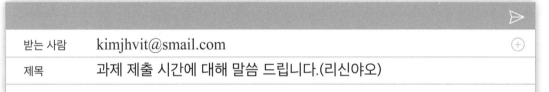

받는 사람	kimjhvit@smail.com
제목	과제 제출 시간에 대해 말씀 드립니다.(리신야오)

稱謂：김정현 교수님께

問候與自我介紹：교수님 안녕하세요 ? 저는 심리학과 3학년 리신야오입니다.

寫信的理由：다름이 아니라 이번 과제는 제출 기한 넘긴 후에 제출 가능할 것 같아 이에 사과의 말씀을 드리고자 메일을 드립니다.

具體內容：저는 어제 과제를 하다가 컴퓨터가 갑자기 고장이 나서 준비한 자료들과 과제 다 없어집니다. A/S센터에 확인했는데 수리는 1주일 넘게 걸린다고 합니다. 지금 최대한 다른 친구의 컴퓨터를 빌려서 과제를 완성하도록 노력 중입니다. 아무래도 기한 내에 제출하기 힘든 상황인 것 같습니다. 기한 내에 냈었야 했는데 시간을 지키재 못해서 죄송합니다. 정말 죄송하다는 말씀을 드리며 다음 과제는 제출 마감일을 꼭 지키도록 하겠습니다.

結尾問候：다시 한번 죄송하다는 말씀을 드리며 앞으로 더 성실하게 공부하도록 하겠습니다.

寄件者：리신야오 올림

P.82 **1** 請閱讀以下電子郵件。 ・翻譯

收件者	kimwo@smail.com
主旨	很抱歉沒能遵守約定日期（梁元）

學長：

　　您好，學長。

　　您最近因為準備發表很忙吧？我答應全力協助學長，但我現在要向您道歉。我原規劃明天前翻譯好交給您，但我好像沒辦法如期交件了。

　　我昨晚因急性腸胃炎跑了一趟急診室，所以沒能完成翻譯，真的很抱歉。可以的話，後天再給您行嗎？若能多給時間後天再交，我會整理完善奉上的。

　　造成學長準備作業困擾真的非常抱歉。

梁元敬上

2 閱讀上文並回答下列問題。 ・範例

❶ 후배가 선배에게 쓴 이메일입니다.

❷ 내일까지 번역을 완성해 드리기로 했는데 약속을 지키지 못해서 사과의 메일을 씁니다.

❸ 어젯밤에 갑자기 장염 때문에 응급실에 다녀오느라 일을 완성하지 못했습니다.

❹ 번역을 모레까지 완성해 주는 것입니다.

P.83 **3** 請學習以下表現模組。 ・範例

-느라고 -지 못했습니다

❶ 교외 대회에 참가하느라고 수업에 오지 못했습니다.

❷ 교수님을 도와 드리느라고 어제 동아리 활동에 나가지 못했습니다.

을/를 끼쳐 드려 죄송합니다.

① 그동안 저 때문에 걱정을 끼쳐 드려 죄송해요.

② 출발 시간이 늦어져서 불편을 끼쳐 드려 죄송해요.

4 請完成以下電子郵件。

• 範例 **P.84**

① **請使用學過的表現完成下列句子。**

1. 고향에 급한 일이 생겨 다녀오느라고 맡은 부분을 끝내지 못했습니다.

2. 공모전을 준비하느라 바쁜데 심려를 끼쳐 드려 죄송합니다.

② **請使用上面寫好的句子來完成電子郵件。**

받는 사람	hmslara@smail.com	⊕
제목	공모전 맡은 부분 완성을 못해서 죄송합니다. (응후엔)	

稱謂 : 장고은 선배님께

問候與自我介紹 : 안녕하세요 ? 저는 응후엔입니다.

寫信的理由 : 공모전 준비 때문에 바쁘시지요 ? 제가 도와 드린다고 약속했는데 죄송하다는 말씀을 드리게 되었습니다. 제가 맡은 부분을 약속 기한 내에 완성하지 못할 것 같습니다.

具體內容 : 며칠 전에 고향에 계신 어머니의 전화를 받아 고향에 급한 일이 생긴다고 갑자스레 고향에 다녀왔습니다. 고향에 급한 일이 생겨 다녀오느라고 맡은 부분을 끝내지 못했습니다. 이틀정도 시간을 더 주시면 맡은 부분을 완벽하게 마무리하도록 하겠습니다.

結尾問候 : 공모전을 준비하느라 바쁜데 심려를 끼쳐 드려 죄송합니다.

寄件者 : 응후엔 올림

받는 사람　hmslara@smail.com

제목　공모전 준비를 끝내지 못해서 죄송합니다.

장고은 선배님께

안녕하세요? 저는 응후엔입니다.

제가 선배님께 이메일을 보내는 이유는 다름이 아니라 이번 공모전 준비 때문입니다. 제가

갑자기 고향집에 다녀오느라고 맡은 부분을 완성하지 못했습니다. 정말 죄송합니다. 선배님이 공모전 준비를 하시는데 폐를 끼쳐 드려 죄송합니다.

혹시 시간을 조금 더 주실 수 있을까요? 2일 정도면 완성할 수 있을 것 같습니다. 다시 한번 죄송하다는 말씀을 드리며 맡은 부분을 빨리 완성하도록 최선을 다하겠습니다.

응후엔 올림

收件者　hmslara@smail.com

主旨　沒能完成展覽品準備，甚為抱歉

張高恩前輩：
　　您好，我是應環。
　　我之所以給學長寫信不是為別的，而是為了這次的展覽品準備。因我突然回了一趟老家而沒能完成負責的部分，很是抱歉。
　　學長正在做準備，很抱歉給您造成困擾。
　　不知是否能再給我一些時間？大約再2天就可以完成了。
　　再次向您致歉，我會盡我所能盡速完成我負責的部分。
　　謹祝
　　平安

應環敬上

● **簡訊請這樣寫。**

A：正浩啊，不好意思，我們說好後天見面的約似乎得延期了。真的很抱歉。這次的作業是現場體驗，那邊說他們只有後天有空。我們能不能周末再見面？我請你吃美味的午餐補償。

B：那真沒辦法囉，那我們星期天見吧。

미안하지만

지민아, 미안하지만 내일 약속 시간을 한 시간만 늦출 수 있을까?

A：學長！昨天有平安到家吧？我昨天好像喝太多了。似乎冒犯了學長，對不起。您心情不好吧？我以後會小心不再發生這種事情的。

B：你沒有特別冒犯我什麼，別擔心。

-아/어서 죄송해요

어제는 바쁘신데 시간을 너무 많이 뺏은 것 같아서 죄송해요. 선배님 덕분에 문제를 쉽게 해결할 수 있을 것 같아요.

P.91

1 請閱讀以下電子郵件。
• 翻譯

收件者	joabag@amail.com
主旨	201樣品的色相提議

美林提包產品開發負責人：

您好，我是經營哈娜線上購物中心的金秀英。

我們哈娜線上購物中心是一家販售廣受年輕大學生歡迎之提包的公司。本中心對貴公司這次新上市的提包201樣品頗為關心。設計新穎，期盼許多消費者會很喜歡。感謝貴公司製作這麼好的提包。不過提包有點可惜的地方，對此特地寫信跟您報告。

這款提包現在色相只有黑色，消費者可以選擇的幅度很窄。因此希望貴公司可以製作其他色相的提包。如果提包的色相多樣，消費者可選擇的幅度也會增大。

再次感謝貴公司製作如此優質的提包，祝

貴公司生意興隆。

哈娜線上購物中心代表 金秀英敬上

2 閱讀上文並回答下列問題。
• 範例

❶ 온라인 몰을 운영하고 있습니다.

새로 출시한 가방의 색상에 대해 아쉬운 점이 있어서 가방 개발회사 담당자에게 제안 드리려고 이메일을 썼습니다.

❷ 디자인이 참신한 것입니다.

❸ 가방 색상이 더 다양하게 만드는 것을 제안했습니다.

현재 가방 색상이 까만색밖에 없어서 소비자가 제품을 선택할 수 있는 폭이 너무 좁기 때문입니다.

P.92

3 請學習以下表現模組。
• 範例

-아/어 주셨으면 합니다

❶ 연락처를 알려 주셨으면 합니다.

② 파일을 다시 보내 주셨으면 합니다.

-다면 -(으)ㄹ 것입니다

① 새 메뉴를 개발한다면 손님들이 더 많아질 것입니다.

② 참석자들이 발표 시간을 잘 지킨다면 일정대로 진행될 것입니다.

4 請完成以下電子郵件。

• 範例 P.93

① 請使用學過的表現完成下列句子。

1. 학생 식당 메뉴에 채식 메뉴를 추가해 주셨으면 합니다.

2. 채식 메뉴를 추가해 주신다면 채식을 하는 학생들도 식사를 할 수 있을 것입니다.

② 請使用上面寫好的句子來完成電子郵件。

받는 사람	sanghyeop@smail.com
제목	채식 메뉴 추가 제안 드립니다.

稱謂：학생 식당 영양사님께

問候與自我介紹：안녕하세요？ 저는 화학공학과 카일리라고 합니다.

寫信的理由：영양사님 덕분에 매일 학생 식당에서 따뜻하고 맛있는 밥을 먹을 수 있습니다. 맛있는 밥과 반찬을 만들어 주셔서 감사합니다. 그런데 한 가지 아쉬운 점이 있어서 그것에 대해 말씀드리고자 메일을 드립니다.

具體內容：학생 식당에게 매일 다양하고 맛있는 메뉴를 개발해 주시는데도 대부분 고기가 들어가는 메뉴들이었습니다. 제 주변에 채식하는 친구가 있는데 메뉴들 다 고기 들어가서 학생 식당에서 식사를 못하고 있습니다. 학생 식당 메뉴에 채식 메뉴를 추가해 주셨으면 합니다. 채식 메뉴를 추가해 주신다면 채식을 하는 학생들도 식사를 할 수 있을 것입니다.

結尾問候：맛있는 메뉴를 개발하여 만들어 주셔서 다시 한번 감사드립니다.

寄件者：카일리 올림

1 請閱讀以下電子郵件。

• 翻譯

收件者	mn99@smail.com
主旨	前輩，我是一年級的李俊書

學長：

您好。

我是社會學系一年級班代李俊書。

馬上就要期中考了想必您很忙，此時寫信給您真不好意思。我是想請教學長，期中考後要不要辦個簡單的一、二年級體育友誼賽。

雖然已經歷三個月的大學生活，但依然覺得大學生活不容易，學業也難，時間管理也做不好，不知該怎麼辦才好。所以我們想與學長們做個運動比賽並聆聽學長們大學生活美好的經驗談，不曉得學長覺得如何？若可以辦個比賽，期中考後的周末似乎是個不錯的選擇。

若學長能百忙之中閱讀信件後並即予回信的話，將感激不盡。

一年級班代 李俊書敬上

2 閱讀上文並回答下列問題。

• 範例

❶ 1학년 후배가 2학년 선배에게 쓴 이메일입니다.

❷ 중간시험 끝난 후에 체육대회를 하려는데 그 것에 대해 의견 물어봅니다.

❸ 대학 생활이 쉽지 않아서 체육대회를 하면서 선배님들의 학교생활 이야기를 듣고 싶기 때문입니다.

3 請學習以下表現模組。

• 範例

-(으)면 어떨까 합니다

❶ 회의를 한 주 연기하면 어떨까 합니다.

❷ 기숙사 입구에 CCTV를 설치하면 어떨까 합니다.

-(으)면 좋을 듯합니다

❶ 문자로 연락하면 좋을 듯합니다.

❷ 직접 만나서 의논하면 좋을 듯합니다.

4 請完成以下電子郵件。

• 範例 P.96

❶ **請使用學過的表現完成下列句子。**

1. 학과 사무실에 있는 전공 책을 학생들에게 대출해 주면 어떨까 합니다.

2. 필요한 학생들이 빌려볼 수 있으면 좋을 듯합니다.

❷ **請使用上面寫好的句子來完成電子郵件。**

받는 사람	office09@smail.com
제목	학과 사무실 전공 도서 대출 제안 드립니다.

稱謂 : 학과 사무실 조교님께

問候與自我介紹 : 안녕하세요 ? 저는 국제학부 4학년 산드라입니다.

寫信的理由 : 다름이 아니라 학과 사무실 책에 대해 제안하려고 메일을 드립니다. 학과 사무실에 있는 책은 도서관보다 다양하고 많은데 학과 사무실에 있는 전공 책을 학생들에게 대출해 주면 어떨까 합니다.

具體內容 : 도서관에 있는 전공 책은 있긴 하지만 학과 사무실은 외국에서 발표한 논문집과 학술집이 더 많아서 학생들에게 되게 유용한 자료가 될 것입니다. 필요한 학생들이 빌려볼 수 있으면 좋을 듯합니다.

結尾問候 : 바쁘시겠지만 메일을 보시고 소중한 의견을 주시면 감사하겠습니다.

寄件者 : 산드라 올림

받는 사람 　sanghyeop@smail.com

제목 　학생 식당 채식 메뉴 추가를 제안합니다.

학생 식당 영양사님께.

안녕하세요? 저는 화학공학과 카일리라고 합니다.
학생 식당을 자주 이용하는데 제안할 것이 있어서 이메일을 보냅니다.

학생 식당은 값도 싸고 맛있는데 채식 음식이 없으니까 저와 같이 채식을 하는 학생들은 학생 식당에 가도 먹을 수 있는 음식이 없는 경우가 많습니다. 그래서 채식을 하는 학생들도 먹을 수 있도록 채식 메뉴를 추가해 주셨으면 합니다. 채식 메뉴를 추가한다면 채식을 하는 학생들도 많이 이용할 것입니다.

요즘 학교에 외국인이 점점 많아지니까 채식 메뉴를 추가하는 것이 좋을 듯합니다. 저의 의견을 들어주셔서 감사합니다.

항상 행복하시기를 바랍니다.

호주 학생 카일리 올림

收件者 　sanghyeop@smail.com

主旨 　建議學生餐廳增加素食菜單

致 學生餐廳營養師：
　　您好，我是化學工程學系的凱莉。
　　我經常利用學生餐廳，因為有點建議而寫信給您。
　　學生餐廳便宜又美味，可是沒有素食，像我這樣的素食學生們到學生餐廳常常沒有東西可以吃。所以希望您能增加提供給茹素的學生們也可食用的素食菜單。假如能增加素食菜單，吃素的學生們也會多加利用。
　　近來學校的外國學生逐漸變多，新增素食菜單似乎不錯。感謝您聽取我的意見。
　　祝
　　您時時刻刻幸福。

澳洲學生 凱莉敬上

● **簡訊請這樣寫。**

•翻譯&範例 P.100

A：李代理，你會參加我們部門下周的聚餐吧？

B：科長，不過最近飯局似乎太多了，我們這次聚餐來點不一樣的如何？譬如看公演或打保齡球之類的，聽說最近常辦這些來取代以往的聚餐模式。

-(으)면 어때(요)？

은수야. 우리 약속을 한 시간 늦추면 어때？ 금요일 저녁이라서 길이 많이 막힐 것 같아서.

ㅠㅠ

A：愛玲，有個不錯的聚會，要一起去嗎？是韓國學生與中國學生聚在一起一同學習韓語和中文的語言交換聚會。

B：謝謝你跟我連絡。我想一下時間行不行再跟你說。

같이 안 -(으)ㄹ래(요)？

은수야, 같이 영어 공우 안 할래？ 회사에 취직하려면 영어도 잘해야 한대.

P.103

1　請閱讀以下電子郵件。

• 翻譯

收件者	icamp@smail.com
主旨	謝謝–諾茗（蒙古）

國際營隊主事先生：

　　您好。

　　我是韓國大學在學中的蒙古學生諾茗。首先，要先感謝您選我當國際營隊的蒙古負責人。我有許多不足之處，但我會盡我所能戮力工作。

　　近年來大家對蒙古的關心漸增，韓國與蒙古的活躍交流正在進行。在蒙古露營可以住蒙古包、在草原上騎馬、夜間觀星等各式各樣的活動課程。因為我有這種具體的活動相關資訊，想必在執行課程上不會有太大困難。

　　再次感謝您接納我參與這項計畫，期待這能成為韓國與蒙古年輕人彼此溝通交流的好機會。

　　謹此 致

　　謝忱。

諾茗敬上

2　閱讀上文並回答下列問題。

• 範例

❶ 이 프로그램에 참여하게 해서 감사의 마음을 전하며 본인 생각에 진행할 수 있는 프로그램을 전달하려고 이메일을 보냈습니다.

❷ 게르에서 숙박하기, 초원에서 말타기, 밤하늘 별 관측하기 등 있습니다.

❸ 한국과 몽골의 젊은이들이 서로 소통할 수 있는 좋은 기회를 기대하고 있습니다.

P.104

3　請學習以下表現模組。

• 範例

-는 한 -겠습니다

❶ 시간이 하락하는 한 연구를 계속하겠습니다.

❷ 회사에 계속 다니는 한 이 프로젝트를 그만 두지 않겠습니다.

-(으)리라 봅니다

❶ 품질이 개선되면 판매량도 늘어나리라 봅니다.

❷ 새 기숙사가 완공되면 학생들 주거 문제가 해결되리라 봅니다.

4 請完成以下電子郵件。

• 範例 P.105

❶ **請使用學過的表現完成下列句子。**

1. 할 수 있는 한 최선을 다하겠습니다.

2. 한 학기 공부하면 기초 과정은 마치리라 봅니다.

❷ **請使用上面寫好的句子來完成電子郵件。**

	▷
받는 사람	office 27@smail.com ⊕
제목	감사드립니다. (진준)

稱謂 : 학과 사무실 조교님께

問候與自我介紹 : 안녕하세요 ? 저는 컴퓨터공학과 2학년 중국학생 진준입니다.

寫信的理由 : 먼저 중국어 가르쳐 줄 수 있는 기회에 대해 감사를 드립니다. 중국
어 원어민이지만 중국어 수업이 처음이라 할 수 있는 한 최선을 다하겠습니다.

具體內容 : 우선 학기 초반에 주로 중국어 발음, 성조, 음운에 대해 집중적으로 연
습할 것이고 학기 중,후반에 중국어발음과 음운 등 어느정도 익숙해지면 기초 대화
수업을 들어갈 예정입니다. 한 학기 공부하면 기초 과정은 마치리라 봅니다.

結尾問候 : 다시 한번 이런 좋은 기회를 주셔서 감사드리며 수업 전에 수업 내용을
열심히 준비하도록 하겠습니다.

감사합니다

寄件者 : 진준 올림

1 請閱讀以下電子郵件。

• 翻譯

收件者	mn99@smail.com
主旨	便利商店打工相關事宜（克拉拉）

計時工雇用負責人：
　　您好。我是曾拜託您介紹便利商店打工的新加坡學生克拉拉。很感謝您給我極佳的打工機會，但這次您介紹給我的便利商店打工我可能沒辦法去。
　　首要原因是，那家便利商店離我住的地方太遠了。搭地鐵大約要一小時，所費時間似乎太多。還有，那家便利商店在找一週上班五天的員工，但因為我得上課，即便調整上課時間一週也只能工作三天。他們說會給我比其他地方都高的時薪，我也很煩惱，但不管怎麼想似乎都有點困難。
　　您為我介紹這麼好的工作，但我的情況不允許，很是抱歉。下次如果有符合我條件的好機會，還請再麻煩給我介紹。
　　謹此 致
　　感謝之意。

克拉拉敬上

2 閱讀上文並回答下列問題。

• 範例

❶ 학생이 아르바이트 채용 담당자님에게 쓴 이메일입니다.

❷ 소개시켜 준 아르바이트를 본인 사정 때문에 못 가서 이메일을 씁니다.

❸ 주 5일 근무 가능한 직원을 뽑습니다.

❹ 편의점 위치는 너무 멀고 근무 가능한 시간은 3일밖에 안돼서 못 합니다.

3 請學習以下表現模組。

• 範例

-아/어 주셔서 감사합니다만

❶ 선물을 주셔서 감사합니다만 좀 부담스러운데요.

❷ 좋은 제안을 해 주셔서 감사합니다만 받아들이기 어려울 것 같은데요.

-아무래도 -(으)ㄹ 것 같습니다

❶ 많이 생각해 봤는데 아무래도 제가 발표하는 것은 무리일 것 같습니다.

❷ 많이 생각해 봤는데 아무래도 이번 대회에는 못 나갈 것 같습니다.

4 請完成以下電子郵件。

• 範例 P.108

❶ **請使用學過的表現完成下列句子。**

1. 같이 가자고 해 주셔서 감사합니다만

2. 아무래도 같이 못 갈 것 같습니다.

❷ **請使用上面寫好的句子來完成電子郵件。**

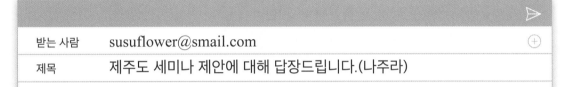

받는 사람	susuflower@smail.com
제목	제주도 세미나 제안에 대해 답장드립니다.(나주라)

稱謂：선배님께

問候與自我介紹：안녕하세요 ? 저는 나주라입니다.

寫信的理由：먼저 제주도의 세미나에 같이 가자고 해 주셔서 감사합니다만 개인 사정 때문에 같이 가기 어려울 것 같습니다.

具體內容：우선 세미나 참가하게 된 것을 되게 기대하는데 날짜를 확인했더니 그 때 중간시험 기간입니다. 제주도에 가면 복습할 시간이 없을 것 같아서 아무래도 같이 못 갈 것 같습니다.

結尾問候：다시 한 번 저를 초대해 주셔서 감사드리며 세미나 잘 다녀오시기 바랍니다.

寄件者：나주라 올림

3 修正寫錯的部分然後正確重寫一遍。

• 範例＆翻譯

받는 사람	susuflower@smail.com
제목	선배님~ 나주라예요.

선배님, 안녕하세요?

저는 나주라예요. 며칠 전에 선배님이 제주도에서 열리는 세미나에 같이 가자고 해 주셔서 감사합니다만 아무래도 저는 가지 못할 것 같아요. 정말 죄송해요.

그때 시험기간이라서 복습을 열심히 해야 해요. 그래서 제주도에 가면 시간이 안 될 것 같아요. 선배님께서 저와 같이 가고 싶다고 말해 주셔서 진심으로 감사해요. 세미나에 꼭 가고 싶은데 저도 못 가서 답답해요.

가능하면 다음에 기회가 있으면 같이 갔으면 좋겠어요.

나주라 드림

收件者	susuflower@smail.com
主旨	前輩～我是羅周拉

學長，您好嗎？

我是羅周拉。很感謝前幾天學長說一起去參加在濟州島舉辦的研討會，但不管怎麼想我似乎都無法前往參加，真的很抱歉。

那時正值期中考，我必須好好複習。所以如果去濟州島的話，似乎時間上不行。真心感謝學長邀我同往。我很想去參加研討會，不能去我也很遺憾。

可以的話，希望下次有機會一起去。

羅周拉敬上

● **簡訊請這樣寫。**

• 翻譯＆範例 **P.112**

A：秀智，妳上次不是要我去妳家跟妳一起住嗎？可是我覺得好像有點困難。我們學校離妳家太遠了，抱歉QQ

B：是啊，我也是這麼想的。沒事。

내 생각엔 -(으)ㄹ 거 같아

우리 만나기로 했잖아. 내 생각엔 토요일에 만나는 게 좋을 거 같아 지영이가 평일에는 시간이 안 된대.

A：恩珠，我可不可以跟妳互換發表日期呢？我下禮拜有事情，所以想提前到這禮拜發表。

B：應該可以。我現在正在參加研討會，結束後再跟妳連絡。

-(으)ㄹ 듯

여행 갈 수 있을 듯. 우리 부장님이 휴가 가도 된대. ㅎㅎ

P.115 **1 請閱讀以下電子郵件。**　•翻譯

收件者	hamn@smail.com
主旨	因升學問題想與您商量（都慕耶）

尹老師，您好。

　　我是去年在韓語教育中心念書的都慕耶。很抱歉這麼久沒有聯繫您。您最近是否健健康康過得好呢？我正在補習班擔任日語講師並準備考研究所。在準備過程中有許多窒礙，因此寫信給您想聽聽您的建議。

　　我以後回到老家想從事日翻韓的翻譯工作。我在本國主修日本文學，在韓國學習韓語後發現翻譯工作似乎很適合我的個性。據我所知，若想學翻譯就必須念口筆譯系。但我沒有信心能在那個系所讀好書。聽說老師出身於口筆譯系，我想請教老師的想法。

　　老師想必很忙碌，但若能給我一些意見，對我的升學決定會有很大的幫助。

　　祝您

　　歲末滿溢，新年快樂。

弟子 都慕耶敬上

2 閱讀上文並回答下列問題。　•範例

❶ 학생이 선생님에게 쓴 이메일입니다. 스승과 제자 관계입니다.

❷ 통번역대학원에 진학하려고 하는데 공부 잘 할 수 있을지 자신이 없습니다.

❸ 일본어를 한국어로 번역하는 일을 하고 싶어합니다.

P.116 **3 請學習以下表現模組。**　•範例

-(으)ㄴ/는 것으로 알고 있습니다.

❶ 오늘 면접 결과를 발표하는 것으로 알고 있습니다.

❷ 그 전시회는 지금도 하고 있는 것으로 알고 있습니다.

-는지 궁금합니다.

❶ 이 제품이 언제 판매되는지 궁금합니다.

❷ 계약서를 어떻게 작성했는지 궁금합니다.

4 請完成以下電子郵件。

• 範例 P.117

❶ **請使用學過的表現完成下列句子。**

1. 대학 재학 중에 교환학생으로 외국 대학에 갈 수 있는 것으로 알고 있습니다.

2. 일본 대학에 가려면 어떻게 해야 하는지 궁금합니다.

❷ **請使用上面寫好的句子來完成電子郵件。**

받는 사람	office09@smail.com
제목	교환학생에 대해 문의입니다. (로안)

稱謂：건축학과 사무실 조교님께

問候與自我介紹：안녕하세요 ? 저는 건축학과 1학년 재학 중인 로안입니다.

寫信的理由：다름이 아니라 대학 재학 중에 교환학생으로 외국 대학에 갈 수 있는 것으로 알고 있습니다. 그래서 교환학생 신청에 관련하여 문의 이메일을 보내 드립니다.

具體內容：저는 교환학생으로 일본 대학교에 가 보고 싶습니다. 교환학생을 하는 동안 일본어와 일본문화를 배울 뿐만 아니라 일본의 건축 역사, 지은 방법, 상징건축의 특색 등을 배우고 나중에 졸업논문에서 한옥과 비교하여 작성하려고 합니다. 일본 대학에 가려면 어떻게 해야 하는지 궁금합니다.

조교님께서 바쁘시겠지만 안내를 해 주시면 교환학생 신청에 많은 도움이 될 것 같습니다.

結尾問候：그럼 새해 복 많이 받으시고 조교님의 답장을 기다리겠습니다.

감사합니다.

寄件者：로안 올림

1 請閱讀以下電子郵件。

• 翻譯

> 收件者　hm@smail.com, suh@smail.com, omn@smail.com
>
> 主旨　　〈人類與未來社會〉第二組發表職責分配討論

致 各位第二組組員：

大家好。

我是〈人類與未來社會〉這門課的第二組組長孫慧旼。

如同大家知道的，上一堂課我們這組的主題決定是〈氣候變遷公約〉。所以為準備發表，想分配要調查的內容而寫信給大家。必須調查的內容如下：

1. 氣候變遷的嚴重性–以實例為中心
2. 各國環境協定–《拉姆薩公約》／《蒙特婁公約》／《巴塞爾公約》／《防治荒漠化的公約》等
3. 聯合國氣候變遷綱要公約（UNFCCC）–《京都協議書》／《巴黎協定》。
4. 氣候變遷公約的效率性與侷限

我們組員有4名，首先分成4個領域。請各位傳簡訊告訴我想負責的部分，我這調整後會再告訴你們。大家只須在下週上課時攜帶各自調查所負責部分的內容來即可。若對要調查的內容有異議，請用電子郵件將意見傳給我。

謝謝。

孫慧旼敬上

2 閱讀上文並回答下列問題。

• 範例

❶ 조사할 내용을 분담하려고 이메일을 썼습니다.

❷ 주제는 '기후변화협약'입니다. 조사할 내용은 기후 변화의 심각성- 실제 사례 중심, 여러 국제 환경협약- 람사르 협약/ 몬트리올 협약/ 바젤 협약/ 사막 방지화 협약, 유엔기후변화협약(UNFCCC)-교토 의정서/파리협정 그리고 기후 변화 협약의 효율성과 한계입니다.

❸ 맡고 싶은 부분을 문자로 조장에게 알려주고 조사한 내용을 다음 수업 시간에 가지고 갑니다.

3 請學習以下表現模組。

-는 바와 같이

❶ 여러분이 아시는 바와 같이 올해는 개교 60주년이 되는 해입니다.

❷ 미리 알려드리는 바와 같이 중간시험 이후부터 토론식 수업을 진행하겠습니다.

에 대해 의견 주시기 바랍니다

❶ 기숙사 규칙 개정에 대해 의견 주시기 바랍니다.

❷ 이번 축제의 공연 주제에 대해 의견 주시기 바랍니다.

4 請完成以下電子郵件。
• 範例 P.120

❶ **請使用學過的表現完成下列句子。**

1. 아시는 바와 같이 우리 학과 홈페이지 이용률이 매우 저조합니다.

2. 홈페이지 활용 방법에 대해 의견 주시기 바랍니다.

❷ **請使用上面寫好的句子來完成電子郵件。**

받는 사람	hm@smail.com, suh@smail.com, omn@smail.com, juju@smail.com
제목	학과 홈페이지 활성화 방안

稱謂：디지털 미디어학과 학생분들께

問候與自我介紹：안녕하세요？ 저는 디지털 미디어학과 과대표입니다.

寫信的理由：아시는 바와 같이 우리 학과 홈페이지 이용률이 매우 저조합니다. 그래서 홈페이지를 활성화시키기 위해 여러분의 의견을 듣고자 메일을 보내 드립니다.

具體內容：홈페이지가 활성화되면 재학생 뿐만 아니라 졸업생과 휴학생들도 학과 최신 소식을 알 수 있을 것입니다. 홈페이지에 추가하고 싶은 정보, 졸업생 코너, 공지사항 등 홈페이지 활용 방법에 대해 의견 주시기 바랍니다.

結尾問候：그럼 즐거운 방학 보내고 개강 때 학교에서 뵙도록 하겠습니다.

감사합니다

寄件者：과 대표 올림

3 修正寫錯的部分然後正確重寫一遍。　　　　　　　　• 範例 & 翻譯

받는 사람	hm@smail.com, suh@smail.com, omn@smail.com, juju@smail.com
제목	[디지털 미디어과] 홈페이지 활성 방안

디지털 미디어과 여러분, 안녕하세요?

저는 디지털 미디어과 과 대표입니다. 우리 과 학생들이 모두 훌륭하게 학교생활을 잘하고 있다고 생각합니다. 그런데 공부 때문에 시간이 좀 없지요? 그래서 과 홈페이지에 관심이 없는 것 같습니다. 학생회에서는 왜 관심이 없는지 알고 싶습니다. 그래서 과 홈페이지 활성화를 위해 여러분과 의논하고 싶습니다.

여러분도 아시는 바와 같이 과 홈페이지가 활성화되면 졸업한 선배들이나 휴학한 친구들도 디지털 미디어과 소식을 알 수 있어서 좋을 것입니다. 여러분이 관심 있는 것, 홈페이지에서 보고 싶은 것 등 좋은 방법에 대해 의견 주시기 바랍니다. 이메일로 연락하거나 과 대표에게 의견 주시면 됩니다.

감사합니다.

디지털 미디어과 과 대표 올림

收件者	hm@smail.com, suh@smail.com, omn@smail.com, juju@smail.com	⊕
主旨	[數位媒體系]網頁活絡方案	

數位媒體系的各位，你們好：

　　我是數位媒體系系代表。我想，我們系上的學生全都充實地過著學校生活。不過，或許學業的關係沒時間，以致對系網似乎不太關注。學生會想了解為什麼我們系的學生不關心系網。因此，為了讓系網活絡起來，於是想與大家一起商量。

　　如同大家所知道的，假如系網活絡起來，讓不管是已畢業的學長們或休學中的同學們都可以知道數位媒體系的消息。希望大家可以就感興趣的事情、想在系網上看到的消息等給予我寶貴的意見。請用電子郵件與我聯繫，或是將意見傳達給班代就可以了。

　　謝謝。

數位媒體系系代表敬上

● 簡訊請這樣寫。

• 翻譯&範例 **P.124**

A：我是〈韓國社會的理解〉第二組組員夏喜拉。我想調查選項一氣候變化的實況。我是外國人，有時候可能會出錯。若有做錯的話請告訴我，麻煩您了^^

B：那麼，請調查選項一。我也不太了解，我們一起努力吧^^

-(으)ㄹ지도 몰라(요)

내일 좀 늦을지도 몰라요. 가능한 한 빨리 갈 테니까 조금만 기다려 주세요.

A：我們說好5月3號要見面，跟我說一下你幾點可以。

B：1點以後可以。

-(으)ㅁ

약속 장소가 한국 식당으로 바뀜.

P.127 **1 請閱讀以下電子郵件。** • 翻譯

收件者	leedj@smail.com
主旨	懇請確認成績（自由主修學系2018年入學諾茗）

李東柱教授大鑒：

　　教授，您好。學生是上學期修您講授〈第3世界的挑戰〉課的消費者家族學系2018年入學的諾茗。

　　首先很感謝教授，在整學期聆聽教授課程的過程中讓我領悟到未曾思考到的事項。尤其是打破了對第3世界的偏見、拓展了世界觀，這一點對我甚有助益。

　　不過學生的成績稍微有點遺憾，所以給您寫信。我對這門課頗感興趣也努力做作業，但成績與我的期待相比，似乎遠了些。我知道這門課因沒有考試而無具體評分標準，但我想請教是否是因為我的上課態度、出缺席或是分組活動有什麼不足之處？在假期中打擾您甚是抱歉，教授若能幫我確認成績則不勝感激。

　　祝教授溽暑中
　　健康平安

學生 諾茗拜上

2 閱讀上文並回答下列問題。 • 範例

❶ 학생이 교수님에게 쓴 이메일입니다.

❷ 제3세계에 대한 편견을 깨고 세계관을 넓힌 생각을 했습니다.

❸ 기대에 비해 성적이 잘 나오지 않은 것 같기 때문에 이메일을 썼습니다.

P.128 **3 請學習以下表現模組。** • 範例

에 비해 -지 않은 것 같습니다

❶ 기대한 것에 비해 점수가 안 오른 것 같습니다.

❷ 연습한 것에 비해 기록이 안 나온 것 같습니다.

-ㅂ/습니다만

① 컴퓨터 수리를 받았습니다만 잘 안 돼요.

② 강의를 촬영하면 안 되는 것을 압니다만 혹시 녹음은 가능한가요?

4 請完成以下電子郵件。 • 範例 P.129

① **請使用學過的表現完成下列句子。**

1. 생각했던 것에 비해 색깔이 밝지 않은 것 같습니다.

2. 상품은 동일합니다만 화면의 색상과 많이 다른 것 같습니다.

② **請使用上面寫好的句子來完成電子郵件。**

받는 사람	7luky@7luky.com
제목	환불 문의 드립니다.

稱謂：이버라 인터넷 몰 담당자님께

問候與自我介紹：안녕하세요? 저는 며칠 전에 귀사 바지를 구매한 나탈리아라고 합니다.

寫信的理由：우선 빠른 배송을 해 주셔서 감사합니다. 상품을 잘 받았지만 받은 상품이 마음에 들지 않아서 환불 신청하려고 메일을 드립니다.

具體內容：제가 주문한 바지는 밝은 파란색이었는데 색상이 생각했던 것에 비해 밝지 않은 것 같습니다. 상품은 동일합니다만 컴퓨터 화면의 색상과 많이 다른 것 같습니다. 그러므로 상품 환불처리 가능할지 여쭙고 싶습니다. 직접 환불처리 못하시면 다른 방법이 있는지도 같이 알려주시면 감사하겠습니다.

結尾問候：회신을 기다리겠습니다. 감사합니다

寄件者：나탈리아 올림

1 請閱讀以下電子郵件。

• 翻譯

收件者	kjhong@smail.com
主旨	[不便申訴] 公用微波爐故障

宿舍助教：

您好，我是813號房的新加坡學生克拉拉。

託助教一直以來照顧之福，讓我得以像住在家裡一般舒適，真心向您致謝。

但是從上個周末開始，7樓休息室的微波爐不能用了。雖然會動，但食物完全不會熱。不知何故。

最近天氣轉涼，常常需要用到微波爐，無法使用有點不方便。尤其快考試了，讀書讀到很晚肚子餓的話會想吃點熱呼呼的宵夜，但微波爐不能用非常可惜。可以的話，希望能盡快修理好。

天氣漸涼希望您小心別感冒了。

祝好

克拉拉敬上

2 閱讀上文並回答下列問題。

• 範例

❶ 학생이 기숙사 조교님에게 쓴 이메일입니다.

❷ 7층 휴게실의 전자레인지가 작동 잘 안되기 때문입니다.

❸ 날씨가 쌀쌀해서 전자레인지 사용 빈도가 높아지기 때문입니다.

3 請學習以下表現模組。

• 範例

-기는 하는데

❶ 이번에는 허락하기는 하는데 될 수 있으면 사진을 찍지 않았으면 좋겠어요.

❷ 음식이 이미 나왔으니 먹기는 하는데 다음에는 덜 맵게 해 주세요.

-아/어 주시면 좋겠습니다.

❶ 내일까지 꼭 대답해 주시면 좋겠습니다.

❷ 맡은 부분을 정리해서 오늘 중으로 꼭 보내 주시면 좋겠습니다.

4 請完成以下電子郵件。

• 範例 P.132

❶ **請使用學過的表現完成下列句子。**

1. 음식을 먹기는 하는데 조금밖에 못 먹고 있습니다.

2. 앞으로는 반찬과 국의 간을 조금 싱겁게 만들어 주시면 좋겠습니다.

❷ **請使用上面寫好的句子來完成電子郵件。**

받는 사람	foodstar7@kykl.edu
제목	음식에 대해 불만 사항을 전해 드립니다.

稱謂 : 학생 식당 영양사님께

問候與自我介紹 : 안녕하세요 ? 저는 학생 식당을 자주 이용하는 생명공학과 2학년 추다라고 합니다.

寫信的理由 : 우선 매일 따뜻한 메뉴를 만들어 주셔서 감사합니다. 음식에 대해 아쉬운 부분이 있어서 메일을 보내 드립니다.

具體內容 : 학생 식당의 음식이 너무 짠 것 같습니다. 음식을 먹기는 하는데 조금밖에 못 먹고 있습니다. 음식 너무 짜서 먹기 전에 먼저 물에 한번 행궈서 먹게 됩니다. 가능하시면 앞으로는 반찬과 국의 간을 조금 싱겁게 만들어 주시면 좋겠습니다.

結尾問候 : 항상 학생들의 건강을 챙겨주셔서 감사합니다.

寄件者 : 추다 올림

받는 사람	foodstar7@kykl.edu
제목	학생 식당 음식을 덜 짜게 만들어 주시기를 부탁드립니다.

학생 식당 영양사님께

안녕하세요? 저는 생명공학과 2학년 추다라고 합니다. 영양사님 덕분에 우리 학생들이 맛있고 영양 있는 음식을 먹을 수 있어서 감사합니다.

그런데 최근에 학생 식당의 음식이 너무 짠 것 같습니다. 저 뿐만 아니라 주변 많은 학생들도 음식이 짜다고 말합니다. 그래서 식당에서 밥을 먹기는 하는데 너무 짜서 물을 많이 마시게 됩니다. 음식이 짜면 학생들의 건강에 안 좋으니 조금 덜 짜게 만들어 주시기를 부탁드립니다.학생들의 건강을 생각하시고 고려를 해 주시면 좋겠습니다.

감사합니다. 안녕히 계십시오.

추다 올림

收件者	foodstar7@kykl.edu
主旨	學生餐廳的餐點請勿太鹹

學生餐廳營養師：
　　您好，我是生命工學系2年級的秋達。
　　託營養師的福，我們這些學生得以吃到美味又營養的餐點，謝謝您。
　　不過，最近學生餐廳的餐點似乎太鹹了。不止我，身邊的同學也都說餐點很鹹。所以在學生餐廳雖吃了飯，但還是太鹹而要喝很多水。食物太鹹對學生的健康不好，拜託您請廚師不要煮得那麼鹹。
　　還請考量並顧慮學生們的健康狀況。
　　謝謝。祝
　　平安

秋達敬上

• 翻譯&範例 ▶P.136

● 簡訊請這樣寫。

A：您好，我是301室的學生。您說要幫我修熱水器，但目前都還沒有任何消息來。最近突然變冷了，房間太冷了。可不可以快點幫我修好呢？

B：我已經聯絡維修中心了，他們還沒去嗎？我確認一下再跟你聯絡。

-다고 하셨는데

그 문제에 대해 자세히 알아보고 답을 주겠다고 하셨는데 어떻게 되었나요?

A：承煥！你怎麼不接電話？我昨天打了10通你就是沒接。

B：抱歉，抱歉－餐廳裡太吵了，所以沒聽到鈴聲。

-(으)ㄴ/는데요

알려 주신 대로 컴퓨터를 껐다가 켰는데도 작동이 안 되네요.

P.139

1 請閱讀以下電子郵件。　•翻譯

收件者	simjy@smail.com
主旨	請擲下第15屆學術會議玉稿

致 沈妍婷老師：

　　您好，老師。

　　我是負責第第15屆學術發表會的許知恩。

　　在明顯的春天氣息中，學術發表會的日子一步步靠近。我們籌備委員會都為成功舉辦學術發表會而努力準備中。

　　不為別的，原約定10號惠寄原稿，因尚未收到而與您聯繫。您想必很忙，尚請撥冗確認。

　　我們最晚必須在15日前彙整原稿，會議方能如期舉行。由於行程緊迫，若您能儘速擲下大作將感激不盡。

　　再次向這次於學術發表會中發表的您致謝，尚候原稿到來。

許知恩敬上

2 閱讀上文並回答下列問題。　•範例

❶ 학술발표회 담당자가 발표할 선생님에게 쓴 이메일입니다.

❷ 발표회 담당자입니다.

❸ 아직 심연정 선생님의 원고를 받지 않아서 원고 요청하려고 이메일을 썼습니다.

P.140

3 請學習以下表現模組。　•範例

-기로 하셨는데 -지 않으셔서

❶ 회의에 참석하기로 하셨는데 오지 않으셔서 연락 드려요.

❷ 메일을 보고 검토하기로 하셨는데 아직 메일을 열어 보지 않으셔서 연락 드려요.

-아/어도

❶ 제출일이 지나도 과제를 내는 것이 좋아요.

❷ 작업이 힘들어도 끝까지 꼼꼼히 해 주시면 좋겠어요.

4 請完成以下電子郵件。

❶ **請使用學過的表現完成下列句子。**

1. 동아리 회비를 내 주기로 하셨는데 아직 내지 않으셔서 어려움이 있습니다.

2. 기말고사가 끝나도 계속 받을 예정이니 반드시 내 주시기를 부탁드립니다.

❷ **請使用上面寫好的句子來完成電子郵件。**

받는 사람	hjchoi58@kykl.edu, abekmoi@smail.com, bkpsqo@smail.com, cube38@gg.com, herocrean@smail.com, vixozo@gg.com, kwgsh@smail.com, victor@gg,com, sureijoa@gg.com	⊕
제목	올해 동아리 회비 납부 요청합니다.	

稱謂：동아리 회원 여러분께

問候與自我介紹：안녕하세요 ? 저는 연극부 회장 용천우입니다.

寫信的理由：여러분 기말고사 끝나고 즐거운 방학을 보내고 있습니까 ? 여러분의 즐거운 시간을 방해해서 먼저 사과의 말씀을 드립니다. 다름이 아니라 아직 올해 동아리 회비를 내지 않은 회원들이 있어서 메일을 보내 드립니다.

具體內容：동아리 회비를 내 주기로 하셨는데 아직 내지 않으셔서 어려움이 있습니다. 우리 동아리는 회원들의 회비로 좋은 발전을 나아갈 수 있습니다. 기말고사가 끝나도 계속 받을 예정이니 반드시 내 주기시를 부탁드립니다.

結尾問候：그럼 즐거운 방학을 보내시기 바랍니다. 우리 개강할 때 학교에서 뵙도록 하겠습니다.

감사합니다.

寄件者：용천구 올림

1 請閱讀以下電子郵件。

• 翻譯

收件者	agkes@smail.com
主旨	再次麻煩您（梁元）

學長：

　　前輩，您好。

　　學期開始彷如昨日，沒想到已經要考試了。

　　我有認真閱讀學長對我作業給予的意見。我遺漏的部份以及未能思慮到的部分您都仔細跟我說，對我幫助很大。我盡可能反映您給予的意見並加上自己的想法修訂作業。我照您說的修改了，但還不確定是否有改好。這次的作業是代替期中考的作業，非常重要，所以我有點擔心。

　　知道學長很忙，但我想請問學長是否能幫我再看一下修改好的作業。明知會給您添麻煩還拜託您，很是抱歉。下次若有我能為學長效力的事情，我一定會竭盡所能幫忙的。作業繳交期限還有2週左右充裕的時間，若學長能抽空幫我看一下將感激不盡。

　　祝

　　變化多端的天氣中

　　健康平安

梁元敬上

2 閱讀上文並回答下列問題。

• 範例

① 후배가 선배에게 쓴 이메일입니다.

② 수정한 과제를 봐 달라고 부탁하려고 메일을 썼습니다.

③ 죄송스러운 마음을 가지고 있습니다.

④ 과제에 대해 의견을 주었습니다.

3 請學習以下表現模組。

• 範例

-기는 했는데

① 전시회를 준비하기는 했는데 부족한 것이 있을까 봐 걱정이에요.

❷ 발표 원고를 완성하기는 했는데 수업 전에 검토를 해야 할 것 같아요.

-(으)시겠지만

❶ 선생님이 바쁘시겠지만 한번 읽어 봐 주세요.

❷ 선배가 요즘 정신이 없으시겠지만 주말까지는 신청하셔야 돼요.

4 請完成以下電子郵件。

• 範例 P.144

❶ 請使用學過的表現完成下列句子。

　1. 교수님이 자료를 올려주시기는 했는데 기간이 지나 자료를 내려받을 수 없습니다.

　2. 바쁘시겠지만 다시 자료를 올려 주시기를 부탁드립니다.

❷ 請使用上面寫好的句子來完成電子郵件。

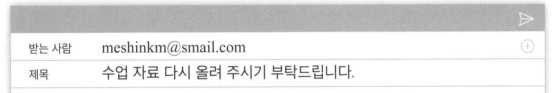

받는 사람	meshinkm@smail.com
제목	수업 자료 다시 올려 주시기 부탁드립니다.

稱謂 : 심석태 교수님께

問候與自我介紹 : 안녕하세요 ? 저는 사회복지학과 2학년 엽사우입니다.

寫信的理由 : 다름이 아니라 수업 자료에 대해 부탁이 있어서 메일을 보내 드립니다.

具體內容 : 교수님이 자료를 올려주시기는 했는데 기간이 지나 자료를 내려받을 수 없습니다. 바쁘시겠지만 다시 자료를 올려 주시기를 부탁드립니다. 저의 부주의로 인해 교수님께 불편을 드려 진심으로 죄송합니다. 다음에 이런 일 없도록 꼼꼼히 자료 확인하고 열심히 공부하겠습니다.

結尾問候 : 다시 한번 저의 실수에 대해 진심으로 사과 드리고 즐거운 하루 보내시기 바랍니다.

감사합니다.

寄件者 : 엽사우 올림

3 修正寫錯的部分然後正確重寫一遍。
• 範例&翻譯

받는 사람	meshinkm@dmail.com
제목	수업 자료를 다시 게시해 주실 수 있으신지요?

심석태 교수님께

안녕하십니까? 저는 <인류와 사회>를 듣고 있는 사회복지학과 2학년 엽사우라고 합니다.

교수님의 강의를 열심히 듣고 있습니다. 다름이 아니라 수업 자료와 관련하여 부탁을 드리려고 이렇게 메일을 드렸습니다.

혹시 3주 전에 올려 주신 수업 자료를 다시 게시해 주실 수 있으신지요? 제가 그때 컴퓨터가 고장나는 바람에 자료를 내려 받지 못해서 지금 받으려고 하는데 자료가 없습니다. 교수님께서 바쁘시겠지만 자료를 다시 게시해 주시기를 부탁드립니다. 이렇게 폐를 끼쳐서 죄송합니다.

그럼 즐거운 하루 되시기를 바랍니다. 안녕히 계십시오.

엽사우 올림

收件者	meshinkm@dmail.com
主旨	是否可以再上傳一次授課資料？

沈碩泰教授：
　　您好，我是正在修〈人類與社會〉的社會福利學系2年級的葉司佑。
　　我很努力聽教授的課。不為別的，學生想就授課資料有關事項拜託您，因此給您寫信。
　　請問是否可以再上傳一次3週前您上傳給我們的授課資料呢？我那時電腦故障所以沒能下載，現在想下載卻沒看到資料了。懇請教授百忙中撥冗再次上傳資料。給您添麻煩很是抱歉。
　　祝您
　　有個美好的一天。

葉司佑敬上

A：玄善，不好意思，你能不能再寄一次照片給我？我手機故障，結果裡面存
　　的照片都不見了QQ

B：好喔，等等寄給你。

-(으)ㄹ래(요)？

시험 범위가 어디인지 다시 올려 줄래？ 잊어 버렸네. ㅠㅠ

A：您好，我是前天維修洗衣機的大韓洞185號。可是我用一用洗衣機又會自己
　　停掉。您今天要再來幫我看一下了。

B：是的，很抱歉造成您的困擾。我會在5點的時候到。

-아/어 주셔야겠어요

공사 때문에 차를 다른 곳으로 이동해 주셔야겠어요.

P.151 **1 請閱讀以下電子郵件。**　　　　　　　　　　　　　　　　　　　　　　　　•翻譯

收件者	hamd@smail.com, goblin@smail.com, gowind@smail.com, phenix@dmail.net, orion9@dmail.net, mzspa@dmail.net, ginmonko@dmail.net kdsang@gg.com, bbyu7@gg.com, damu5@gg.com, cube38@gg.com, rurujoa@gg.com, shinhyo73@gg.com, victor@gg,com
主旨	舉辦第35次學術研討會

大家好。
　　我是心理學系助教朴載亨。
　　學期剛開始沒多久，似乎就已經朝夏天邁進了。
　　本系學術研討會將屆第35次。今週知研討會相關事項如下：
　　第35回心理學系學術研討會
　　1. 日期：20**年5月12日下午5點
　　2. 場所：國際館215號
　　3. 主題：以數據為基礎的社會中人類擔任的角色
　　研討會後有準備晚宴，煩請告知是否可以出席。詳細行程請參考附
件，若有任何想問的事情，煩請與系辦聯絡。
　　那麼，請時時注意健康，我們研討會見。

　　　　　　　　　　　　　　　　　　　心理學系助教 朴載亨敬上

2 閱讀上文並回答下列問題。　　　　　　　　　　　　　　　　　　　　　•範例

❶ 세미나 관련 정보 전달할 겸 수신자들 참석 가능여부확인하려고 이메일을 썼습니다.

❷ 데이터 기반 사회에서 인간의 역할입니다.

❸ 첨부 파일을 참고하면 됩니다.

P.152 **3 請學習以下表現模組。**　　　　　　　　　　　　　　　　　　　　　　　•範例

와/과 관련하여 ~ 알려 드립니다.

❶ 진로 상담과 관련하여 알려 드립니다.

❷ 다음 회의와 관련하여 일정을 알려 드립니다.

혹시 -(으)면

❶ 혹시 질문이 있으면 발표 후에 말씀해 주세요.

❷ 혹시 시간이 되시면 검토해 주실 수 있을까요?

4 請完成以下電子郵件。

• 範例 P.153

❶ **請使用學過的表現完成下列句子。**

1. 방학 중의 워크숍 신청과 관련하여 다음과 같이 알려 드립니다.

2. 혹시 질문할 것이 있으면 제게 연락해 주시기 바랍니다.

❷ **請使用上面寫好的句子來完成電子郵件。**

받는 사람	ginmonko@dmail.net, kdsang@gg.com, bbyu7@gg.com, damu5@gg.com, cube38@gg.com, rurujoa@gg.com, cheowj@smail.com, shinhyo73@gg.com, victor@gg,com
제목	방학 중 워크숍 신청 안내

稱謂：학우 여러분께

問候與自我介紹：안녕하세요? 저는 국제학과 3학년 후보린입니다.

要介紹的內容：개강한 지 엊그제 같은데 벌써 방학이 다가오고 있습니다.

다름이 아니라 방학 중의 워크숍 신청과 관련하여 다음과 같이 알려 드립니다.

국제학과 방학 중 워크숍

1. 일시: 20**년 2월 1일 오후 2시

2. 장소: 화상 회의 방식으로 진행

3. 주제: 한국과 북한의 국제관계

4. 대상: 본교 국제학과 누구나 신청 가능

다음주 금요일까지 참석 여부를 알려 주시기 바랍니다. 혹시 질문할 것이 있으면 제게 연락해 주시기 바랍니다.

結尾問候：그럼 기말 잘 마무리하고 즐거운 방학시간을 보내시기 바랍니다.

寄件者：후보린 올림

1 請閱讀以下電子郵件。　　　　　　　　　　　　　　　　　　　　　　　　　　•翻譯

收件者	mn99@smail.com, hamd@smail.com, goblin@smail.com, gowind@smail.com, phenix@dmail.net, orion9@dmail.net, mzspa@dmail.net, ginmonko@dmail.net, kdsan@dmail.com, bbyu7@gg.com, damu5@gg.com, victor@gg,com, cube38@gg.com, rurujoa@gg.com, shinhyo73@gg.com,
主旨	[邀請] 邀請參加國樂社團演奏會

邀請文

〈板索里說唱與爵士的相遇〉

您好，這裡是國樂社〈比納利〉。

這次秋季慶典我們國樂社準備了板索里說唱與爵士樂一同融合的〈板索里說唱與爵士的相遇〉演奏會。在秋意漸濃的日子裡，我們以期盼讓戀人、朋友們一起釀造美好回憶的心情邀請各位，希望大家前來共襄盛舉。

日期：10月13（二）晚上7點

場所：藝術館音樂廳（49棟）

諮詢：02-880-7914/musicsnu@smail.com

免票入場（無須購票）/依序入場

期待大家心情愉悅蒞臨演出，共襄盛舉。

〈比納利〉全體敬上

2 閱讀上文並回答下列問題。　　　　　　　　　　　　　　　　　　　　　　•範例

❶ 국악 동아리 '비나리' 회원들이 함께 쓴 이메일입니다.

❷ 동아리가 준비한 콘서트에 초대하려고 이메일을 썼습니다.

❸ 판소리와 재즈가 함계 어우러지는 <판소리와 재즈의 만남>을 합니다.

3 請學習以下表現模組。　　　　　　　　　　　　　　　　　　　　　　　　•範例

-오니

❶ 다음 주말에 송별회를 하오니 오시면 좋겠어요.

❷ 발표회를 하려고 하오니 참석해 주실 수 있으세요?

-기를 기대합니다

❶ 올해에는 월급이 오르기를 기대합니다.

❷ 이번 대회에서 여러분이 좋은 성적을 거두기를 기대합니다.

4 請完成以下電子郵件。

• 範例 P.156

❶ **請使用學過的表現完成下列句子。**

1. 다음 달에 식을 올리오니 오셔서 자리를 빛내 주시면 감사하겠습니다.

2. 많은 분들이 오셔서 축하해 주시기를 기대합니다.

❷ **請使用上面寫好的句子來完成電子郵件。**

받는 사람	hamd@smail.com, goblin@smail.com, gowind@smail.com, phenix@dmail.net, orion9@dmail.net, mzspa@dmail.net, bkpsqo@smail.com, cube38@gg.com, chech@smail.com, ofpln@smail.com, txvqbi@dmail.net, julyangu@dmail.net
제목	제 결혼식에 초대합니다.

稱謂：『비나리』선후배, 동기 여러분께

問候與自我介紹：안녕하세요? 저는 마란입니다.

邀請的內容：좋은 소식을 전해 드리려고 이렇게 이메일을 보내 드립니다. 저는 다음 달에 식을 올리오니 오셔서 자리를 빛내 주시면 감사하겠습니다. 결혼식 일시와 장소에 관련하여 아래와 같이 알려 드립니다.

일시: 다음달 20일 오후 1시

장소: 행복웨딩홀

자세한 정보는 디지털 초대장을 참고하시고 혹시 궁금한 사항이 있으시면 제게 연락하시면 됩니다.

結尾問候：추운 날에 감기 조심하시고 많은 분들이 오셔서 축하해 주시기를 기대합니다.

감사합니다.

寄件者：마란 올림

받는 사람	bkpsqo@smail.com, cube38@gg.com, chech@smail.com, ofpln@smail.com, txvqbi@dmail.net, julyangu@dmail.net
제목	제 결혼식에 초대합니다.

『비나리』여러분께

여러분, 요즘 잘 지내고 계세요? 마란입니다.다름이 아니라 제가 다음 달에 결혼을 하려고 합니다. 그래서 요즘 제가 준비를 하느라 동아리에 거의 못 나가 여러분을 자주 못 만나서 이렇게 메일을 드립니다.

그동안 한국에서 여러분 덕분에 제가 좋은 사람을 만나고 잘 살 수 있었습니다. 이에 감사하는 마음으로 여러분을 결혼식에 초대하고자 합니다. 결혼식은 다음 달 20일 오후 1시에 행복웨딩홀에서 합니다. 시간이 있으면 꼭 오셔서 축하해 주시면 좋겠습니다.

그럼 결혼식장에서 여러분을 만나기를 기대하겠습니다. 감사합니다.

마란 드림

收件者	bkpsqo@smail.com, cube38@gg.com, chech@smail.com, ofpln@smail.com, txvqbi@dmail.net, julyangu@dmail.net
主旨	邀請參加我的結婚典禮

「比納利」的各位：
　　大家好，最近過得好嗎？我是馬蘭。
　　不為別的，我下個月要結婚。我最近因為準備的關係幾乎沒有去社團，沒能經常和大家見面，只得寫電子郵件給你們。
　　這段期間在韓國托大家的福，我遇到友善的朋友而過得很好，因此感懷大家敬邀各位參加我的結婚典禮。結婚典禮將於下個月20日下午1點在幸福婚禮禮堂舉行。若時間許可，希望大家可以來給予我祝福。
　　那麼，就期待在結婚禮堂與大家見面。謝謝。
　　　　　　　　　　　　　　　　　　　　馬蘭敬上

● **簡訊請這樣寫。**

• 翻譯&範例 P.160

A：我跟你說一下來我家的方法。從圖書館後面出來，爬坡上來，就會看到左側有一棟紅色大門3層樓的房子。走樓梯上2樓就可以了。

B：知道了，我明天11點左右去。

-(으)면 돼(요)

미카 씨는 수업 끝나는 대로 바로 오면 돼요.

뒷풀이니까 조금 늦게 와도 괜찮아요.

A：這次慶功宴場所是學校正門前的「我們食堂」。不另外收費，請放鬆心情，再晚也一定要來參加。

B：好的，知道了。–徐準基敬上

-더라도

미카가 한 학기 동안 고생했으니 바쁘더라도 잠깐 가서 축하해 주는 게 좋을 것 같아.

問候、寒暄

致謝時

- 저희 회사를 이용해 주셔서 감사합니다.

- 우리회사에 관심을 가져 주신 점 감사드립니다.

- 이번 프로젝트에 협조해 주심에 감사드립니다.

- 저희 회사를 아껴 주시고 관심을 가져 주심에 감사드립니다. 아울러 귀사에 지속적인 관심과 격려 부탁드립니다.

- 제품에 관한 고견과 따끔한 충고를 듣게 된 점, 마음 아프지만 감사하게 생각합니다. 앞으로도 제안이나 의견 등을 말씀해 주시면 최대한 반영하여 더욱 좋은 모습을 보이도록 노력하겠습니다.

祝賀升遷時

- (부장님)의 승진을 진심으로 축하드립니다.

- 승진을 진심으로 축하드리며 앞으로 더욱 좋은 일 가득하시기를 바랍니다.

- (부장님)으로 승진하셨다는 소식 들었습니다. 그동안 고생 많이 하셨는데 좋은 소식을 들어서정말 기쁩니다. 앞으로 더욱 건승하시기를 기원합니다.

退休致意時

- 이번에 제가 일신상의 이유로 퇴직을 하게 되었습니다. 지금까지 제가 업무를 잘해낼 수 있었던 것은 여러분 덕분이라고 생각합니다. 다시 한번 그간 여러분의 격려와 도움에 깊이 감사드리며 행복과 건승을 기원합니다.

- 다름이 아니라 오늘 (2월 28일)을 마지막 출근으로 하여 (일영사)를 퇴직하게 되었습니다. 입사한 이후부터 지금까지 여러분께 많은 도움을 받았음에 감사드립니다. 직접 인사를 드려야 하는데 이렇게 메일로 인사를 드려 죄송합니다.

依時節問候

春

- 어느덧 추운 겨울이 가고 따뜻한 봄이 왔습니다. 환절기에 감기 조심하시기 바랍니다.
- 희망의 계절 봄이 왔습니다. 따스한 봄처럼 웃음꽃이 활짝 피는 봄이 되기를 기원합니다.

夏

- 날씨가 무척 덥습니다. 무더위에 건강 조심하시기 바랍니다.
- 본격적인 여름입니다. 날씨가 많이 덥습니다만 더위에 지치지 않는 하루 되시기를 바랍니다.

秋

- 청명한 하늘이 너무나 멋진 가을입니다.
- 서늘한 바람이 상쾌하고 기분 좋은 가을입니다.

冬

- 날씨가 점점 추워지고 있습니다. 하루하루 따뜻하게 보내시기 바랍니다.
- 쌀쌀한 바람에 몸이 움츠러드는 계절입니다. 항상 감기 조심하시고 늘 가정에 건강과 행복이 가득하길 바랍니다.

新年

- 새해에도 행복한 일 가득하시기 바랍니다.
- 새해에 계획한 일 모두 이루시기를 기원합니다.
- 새해 복 많이 받으시고 하시는 일 모두 잘 되시기 기원합니다.
- 한 해 동안 베풀어 주신 성원에 감사를 드립니다.
- 지난 한 해 보내 주신 관심과 사랑에 감사드리며 새해에는 소망하시는 모든 일 이루시기를 바랍니다.

中秋

- 풍요로운 추석 연휴 보내시기를 바랍니다.
- 건강하고 행복한 한가위 보내시기를 기원합니다.
- 한가위를 맞이하여 가정에 건강과 행복이 가득하시길 기원합니다.
- 좋은 사람들과 넉넉한 정을 나누는 뜻깊은 시간 보내시기 바랍니다.

日常結尾問候

- 행복하고 즐거운 하루 되십시오.
- 오늘도 좋은 하루 되시기를 바랍니다.
- 항상 건강하시고 행복하시기를 바랍니다.

慰問遭遇事故時

- 사고를 당하셨다니 유감입니다. 빨리 회복하시기를 바랍니다.
- 안타까운 소식 들었습니다. 빠른 시간 내에 완쾌하시기를 바랍니다.

父母離世時

- 삼가 고인의 명복을 빕니다.
- 어떠한 말로도 위로를 드릴 수 없겠지만 삼가 위로의 말씀을 드립니다.
- 뜻밖의 비보에 슬픈 마음을 금할 길이 없습니다. 삼가 고인의 명복을 빕니다.
- 부친의 별세를 애도하오며 삼가 고인의 명복을 빕니다.

介紹

介紹自己的公司時

- 우리 회사는 한국에서 가장 큰 (온라인 게임) 회사 중 하나입니다.
- 저희 회사는 (상품 디자인 개발) 아이디어를 가진 사람들이 모여 2014년에 창업한 회사입니다.
- 우리 회사는 (한국 시장에서의 마케팅 전략)을 세우는 데 도움을 드리는 일을 전문으로 하고 있습니다.

- 저는 (해외영업부)에 근무하고 있는 (위웨찬)이라고 합니다. 앞으로 (아시아 해외 영업)과 관련한 업무는 제가 담당할 것입니다. 잘 부탁드리겠습니다.
- (올해 1월)부터 (제품 개발팀)에 근무하게 된 (이상준)입니다. 이번 인사이동으로 인해 (기획팀)에서 (제품 개발팀)으로 자리를 옮기게 되었습니다. 앞으로 잘 부탁드리겠습니다.

- 우리 회사에서 새로 출시된 제품을 소개해 드리고자 합니다. 기회를 주신다면 제가 직접 귀사 로 찾아뵙도록 하겠습니다.
- 지난번에 소개해 주신 귀사의 제품에 관심이 많습니다. 괜찮으시면 귀사에 방문하여 의논하고 싶은데 가능한 시간을 알려 주시면 감사하겠습니다.

- 저는 (주식회사 한일)에서 (마케팅팀 팀장)을 맡고 있는 (김은수)입니다. 당사의 (최태주 본부장님)께서 말씀해 주셔서 메일을 보냅니다.
- 저는 새로 (제품 개발팀)에 근무하게 된 (이상준)입니다. 전임자이신 (김은영 과장님)의 소개로 연락을 드립니다. 지금까지 (김은영 과장님)께서 담당하셨던 업무는 앞으로 제가 담당하게 되었습니다.

- 제가 4월12일부로 퇴사하게 되어 (영업팀의 대리)로 오게 될 후임자 (고재민) 씨를 소개해 드리고자 합니다.

約定

- (첫 프로젝트) 회의가 (5월 6일 오전 9시)부터 대회의실에서 열립니다. 회의 참석 여부를 알려 주시기바랍니다.
- 월요일 오전 9시에 회의실에서 (전략 기획팀) 회의가 있습니다. 팀원들은 모두 참석해 주시기 바랍니다.

訂定見面時間時

- 귀하가 편하실 때 약속을 정하고 싶습니다. 다음 주에 가능한 시간을 알려 주시기 바랍니다.
- 직접 만나 뵙고 의논드리고 싶습니다. 다음 주 목요일에 1시간 정도 시간을 내 주실 수 있으신지요?

訂定見面場所時

- 저희 사무실에서 만나는 것이 어떠신지요?
- 제가 귀사를 방문하여 만나 뵙는 것도 가능합니다. 편하신 장소를 알려 주시면 찾아뵙도록 하겠습니다.

要求、請求

請求做業務確認時

- 이번 프로젝트의 (인원 추가 문제)가 결정이 되었는지요? 가능한 한 서둘러 처리해 주시기 바랍니다.
- 지난번 논의하신 건은 어떻게 결정이 되었는지 궁금합니다. 결정되는 대로 알려 주시면 감사하겠습니다.
- 지난주에 주문한 제품을 아직 받지 못했습니다. 발송이 되었는지 궁금하여 연락드립니다. 시일이 촉박하여 빠른 발송을 부탁드립니다.
- (9월26일)자 주문에 관한 건으로 메일 드립니다. 4주 전에 주문을 넣었는데 아직까지 제품이 도착하지않았습니다. (추가 주문)을 해야 하니 (제품의 재고)를 오늘 중으로 확인해 주시기 바랍니다.

請求對方諒解時

- (제품 생산 지연)으로 인해 발송이 늦어진 점 사과드립니다. 준비되는 대로 발송하도록 하겠습니다.
- (당사의 내부 사정)으로 인하여 (제품 발송이 늦어지고 있는) 점에 대해 대단히 죄송하다는 말씀을 드립니다.
- 귀하께서 요청하신 (계약서)가 (해외 제품 단가 확인이 지연됨)에 따라 아직 작성되지 못하고 있습니다. 이

점 대단히 송구하게 생각하며 빠른 시일 내에 보내 드릴 수 있도록 최선을 다하겠습니다.

- (법적 규제로 인해 본사의 프로그램 사용에 일부 제한)을 드리게 된 점을 양해해 주시기를 바랍니다.

請假時

- (건강검진)을 위해 휴가를 신청합니다.
- (개인적인 집안 사정)으로 인해 (15일)에 연가를 신청합니다. 부득이한 사정으로 인한 것이 니널리 이해해 주시면 감사하겠습니다.
- 갑자기 (급성폐렴)에 걸려서 병가를 신청합니다. 추후에 진단서를 제출하도록 하겠습니다.

詢問

協商價格時

- 귀사에서는 현금 결제에 따른 할인을 제공하시는지 궁금합니다.
- 제시하신 단가에서 어느 정도 조정이 가능한지 알고 싶습니다.

詢問期限時

- 최대한 빨리 납품해 주신다면 언제까지 납품이 가능하신지 궁금합니다.
- 본건에 대해 언제까지 확답을 주실 수 있는지 궁금하여 연락드립니다.
- 다른 프로그램과의 일정 조정으로 인해 이번 주 내로 결정하여 알려 주시면 감사하겠습니다.

針對失誤詢問時

- 저희는 이 문제가 (운송 과정)에서 발생된 문제라고 생각하고 있습니다.
- 지금 진행하시는 방법이 (유통 경로)를 확보하는 가장 효율적인 방법이라고 생각하시는지 알고 싶습니다.
- 저희 측 (운송 팀)의 실수인지에 대해서는 다소 의문이 듭니다. 확인해 보고 다시 연락드리도록 하겠습니다.

詢問可否提供資料時

- 다음과 관련된 자료를 보내 주실 수 있는지 문의 드립니다. 요청하는 자료의 목록은 다음과 같습니다.
- 할인된 단가의 견적서를 다시 한 번 보내 주실 수 있는지 문의 드립니다.

致歉

針對業務延遲致歉時

- (배송)이 늦어져서 불편을 끼쳐드린 데 대해 진심으로 사과드립니다.
- 답변을 기다리시게 해서 대단히 죄송합니다. 문의하신 내용에 대한 답변은 아래와 같습니다.
- 요청하신 건에 대해 신속한 대응이 이루어지지 못한 점 사과드립니다.

對不滿致歉時

- 저희 제품에 만족하지 못하셨다니 매우 유감입니다.
- (당사의 서비스)에 대해 불편을 느끼신 점에 대해 사과드립니다.
- (당사의 착오)로 인해 불편함을 드리게 된 점 진심으로 사과드립니다. 다시는 이런 일이 발생 하지 않도록 최선을 다해 노력하겠습니다.

陳述業務延遲的理由時

- 저희는 이 문제가 (운송 과정)에서 발생된 문제라고 생각하고 있습니다.
- 지금 진행하시는 방법이 (유통 경로)를 확보하는 가장 효율적인 방법이라고 생각하시는지 알고 싶습니다.
- 저희 측 (운송 팀)의 실수인지에 대해서는 다소 의문이 듭니다. 확인해 보고 다시 연락드리도 록 하겠습니다.

提議

提議業務處理方法時

- (업체 교체)를 고려해 보시면 어떨지 제안하는 바입니다.
- 보내주신 (도면)만으로는 결정하기가 쉽지 않습니다. 다른 형태의 (도면)을 한두 개 더 제시 하여 주시면결정에 도움이 될 것 같습니다.
- 그 회사의 담당자보다 해당 부서의 결정권자에게 직접 메일을 보내는 편이 좋을 것 같습니다.

提議替代商品時

- 귀사에서 요청하신 상품과 유사한 상품을 제안해 드리려고 합니다.
- 문의하신 제품은 품절되었습니다. 품절된 제품과 기능면에서 유사한 제품을 인하된 가격으 로 제공해드릴 수 있습니다.
- 대체할 수 있는 제품을 원하신다면 저희가 보유한 것 중에서 보여 드릴 수 있습니다.

提議合作時

- 귀사와 함께 한다면 당사와 귀사 모두에게 득이 되는 성공적인 파트너가 될 것입니다.
- 이 사안은 다른 부서와의 협력이 필요합니다. 다른 부서와의 협력을 통해 결정하는 것이 바람직할 것 같습니다.

允諾／拒絕

允諾要求時

- 귀사께서 제안해 주신 내용을 검토해 보았습니다. 당사는 귀사의 제안을 기쁜 마음으로 수락하겠습니다.
- 귀사께서 제시하신 조건을 검토한 후에 수락을 결정하도록 하겠습니다.

委婉拒絕要求時

- 어떻게든 저희가 도와드리고 싶지만 저희 회사에서 취급하는 분야가 아닙니다.
- 유감스럽게도 일정을 변경하기는 어려울 것 같습니다.
- 죄송하지만 이 문제에 대해 저도 아는 바가 없습니다.
- 저희 회사의 입장과 배치되는 부분이 많아 수락하기 어렵겠습니다.

討論

徵求意見時

- 귀하/귀사의 의견을 듣고 싶습니다.
- 저희가 이 문제를 어떻게 처리하면 좋을지 의견을 주시면 감사하겠습니다.

協調意見時

- 귀하께서 보내 주신 의견을 최대한 수렴하고 반영하고자 합니다.
- 귀하의 의견에 찬성합니다만, 최종 결론을 내리기 전에 몇 가기 문제를 정리할 필요가 있다고 생각합니다.
- 귀사 계획의 기본적인 생각에는 반대하지 않습니다만, 계약 조건에 관해 몇 가지 말씀드리고자 합니다.

抱怨

對業務延遲表示不滿時

- 지난 20일에 요청한 자료를 아직 받지 못했습니다.
- 1주일 동안 귀사의 담당자와 연결이 되고 있지 않습니다.
- 귀사에 반품을 요청했는데 아직 처리되지 않고 있습니다. 빠른 처리 부탁드립니다.

對商品與服務不滿時

- 제가 받은 상품에 결함이 있습니다.
- 귀사에서 제공한 서비스는 유감스럽게도 저희의 기대치에 훨씬 못 미쳤습니다.

對訂單錯誤抱怨時

- (7월24일)에 메일로 보내주신 (주문 확인서)에 오류가 있어 메일을 드립니다.
- 보내주신 자료 중 (매출 원가)에 오류가 있으니 수정해 주시기 바랍니다.

再次要求

再次要求資料時

- 지난번에 부탁드린 자료를 아직 받지 못해 연락드립니다. 빠른 회신 부탁드립니다.

再次要求具體資訊時

- 보내 주신 자료에 감사드립니다만 다음과 같은 내용이 더 필요합니다.
- 귀하가 보내주신 카탈로그가 유용하지만 구체적인 가격 정보가 필요합니다.

再次要求附檔時

- 첨부 파일이 열리지 않습니다. 다시 한번 보내 주시기 바랍니다.
- 첨부하신 파일이 저희가 요청 드린 파일과 다른 것 같습니다. 확인 바랍니다.

應對、回應

回應要求時

- 요청하신 파일을 보내드립니다.
- 요청하신 카탈로그를 첨부합니다.
- 요청하신 견적서를 보내 드리오니 참고하시기 바랍니다.

寄送資料時

- 요청하신 자료를 송부합니다. 업무에 참고하시기 바랍니다.

知會、要請

知會時

- (김 과장님)이 다시 복귀/출근하실 때까지 제가 업무를 대행하고 있습니다.
- 상반기 우수 사원/해외 파견 사원 선발 결과를 다음과 같이 알려 드립니다.

邀請參加活動時

- 저희 회사 (창립 기념일) 행사에 귀하를 초청합니다.
- 3월 2일에 (신제품 발표회)를 할 예정입니다. 귀하께서 참석해 주신다면 큰 영광이 되겠습니다.
- 다음 주(월요일)에 새로 부임하시는 (사장님)의 취임식이 거행될 예정이오니 오셔서 자리를 빛내 주시기를 바랍니다.
- 이번에 개발한 (신작 모바일 '판타지')의 시연회를 개최하게 되어 초청하고자 연락을 드립니다.
- 고객님을 저희 회사의 (프리미엄 브랜드 신제품 발표회)에 모시고자 합니다.

台灣廣廈 國際出版集團
Taiwan Mansion International Group

國家圖書館出版品預行編目（CIP）資料

我的第一本韓語 E-MAIL／吳美南，金源卿著.
-- 新北市：國際學村出版社, 2022.05
    面；　公分
ISBN 978-986-454-209-3(平裝)

1.CST: 韓語 2.CST: 寫作法 3.CST: 電子郵件

803.27　　　　　　　　　　　　　111001855

 國際學村

我的第一本韓語 E-MAIL

作　　　者／吳美南、金源卿　　　編輯中心編輯長／伍峻宏
譯　　　者／蔡佳吟　　　　　　　編輯／邱麗儒
審　　　定／楊人從　　　　　　　封面設計／林珈仔・內頁排版／菩薩蠻數位文化有限公司
解答協力／梁立文　　　　　　　製版・印刷・裝訂／東豪・弼聖・紘億・明和

行企研發中心總監／陳冠蒨　　　線上學習中心總監／陳冠蒨
媒體公關組／陳柔彣　　　　　　產品企製組／黃雅鈴
綜合業務組／何欣穎

發　行　人／江媛珍
法律顧問／第一國際法律事務所 余淑杏律師・北辰著作權事務所 蕭雄淋律師
出　　　版／國際學村
發　　　行／台灣廣廈有聲圖書有限公司
　　　　　　地址：新北市235中和區中山路二段359巷7號2樓
　　　　　　電話：（886）2-2225-5777・傳真：（886）2-2225-8052

代理印務・全球總經銷／知遠文化事業有限公司
　　　　　　地址：新北市222深坑區北深路三段155巷25號5樓
　　　　　　電話：（886）2-2664-8800・傳真：（886）2-2664-8801
郵 政 劃 撥／劃撥帳號：18836722
　　　　　　劃撥戶名：知遠文化事業有限公司（※單次購書金額未達1000元，請另付70元郵資。）

■出版日期：2022年05月
ISBN：978-986-454-209-3